KB091933

명시
언어로 남다

- 시 소리로 삶을 치유하다 -

박영애 시낭송 모음 9집

시음사
시사랑 음악사랑

명인 명시 27인과 함께한 『명시 언어로 남다』
박영애 시낭송 9집 모음집을 엮으면서

시인은 삶과 자연의 모든 것을 감성(感省)으로 풀어내어 이야기하고, 시낭송가의 소리는 음률 따라 자연에 눕고 삶 속에 스며든다. 시어는 날개를 달아 소리로 날고 그 소리는 '명시' 되어 가슴 깊이 '언어'로 남는다.

'詩' 소리로 삶을 치유하고 싶은 마음으로 시낭송 모음집을 발간하게 되어 이제 9집에 들어서게 되었다. 9집까지 시낭송 모음집을 출간하면서 나 스스로가 위로를 받고 감동을 얻으며 치유함을 얻게 되는 경험을 했다.
이 기쁜 경험을 더 많은 사람이 할 수 있도록 마음과 눈으로 시를 짓는 시인·낭송가가 되어 널리 널리 감동으로 시향을 전하고 싶다.

코로나-19로 많이 힘들고 우울한 시기이지만, 가슴을 읊는 詩소리로 호흡할 수 있음을 감사하면서 『명시 언어로 남다』 시낭송 모음집으로 큰 위로와 용기를 얻고, 지친 심신을 조금이나마 달랠 수 있기를 바란다.

『명시 언어로 남다』박영애 시낭송 모음 제9집에 마음 울리는 작품으로 함께 참여해 주신 기영석 시인, 김강좌 시인, 김기월 시인, 김락호 시인, 김영주 시인, 김정윤 시인, 김희경 시인, 김희영 시인, 남원자 시인, 민만규 시인, 박상현 시인, 박희홍 시인, 백승운 시인, 성경자 시인, 염경희 시인, 유영서 시인, 윤인성 시인, 이도연 시인, 이만우 시인, 이상노 시인, 이정원 시인, 전선희 시인, 정상화 시인, 주야옥 시인, 한명화 시인, 한천희 시인 26분께 감사의 마음을 전한다. 잔잔한 감동으로 많은 독자의 삶 속에 행복으로 물들이기를 기대하면서 시낭송 모음집을 엮어본다.

『명시 언어로 남다』박영애 시낭송 모음 제9집이 나오기까지 끊임없는 응원과 사랑으로 함께해 주신 많은 분과 가족들 또 시낭송을 사랑해 주신 독자와 문우님들 그리고 시음사 출판사에 감사한 마음을 전한다. 또한 여러 가지 도움을 주신 김락호 이사장님께 고마운 마음 전하면서 시낭송 모음 시집이 큰 사랑 받을 수 있기를 기대한다.

엮은이 **박영애**

박영애 시인, 시낭송가

대한문학세계 시 부문 등단
문예창작지도자 자격증 취득
시낭송지도자 자격증 취득
현) (사)창작문학예술인협의회 부이사장
전) 대한시낭송가협회 회장
현) 대한시낭송가협회 명예회장
현) 대한창작문예대학 지도 교수
현) 시낭송교육 지도 교수
현) 대한문학세계 심사위원
현) 대한문화예술방송 아트티비 '명인명시를 찾아서' MC
현) 조세금융신문 '詩가 있는 아침' 시 소개와 시낭송 연재

〈수상〉
2010년 오장환 문학제 전국 시낭송대회 대상 및 그 외 다수
2012년 대한문인협회 한국문화예술인상
2013년 (사)창작문학예술인협의회
　　　　　　　 특선시인선 부록 시낭송가 감사패
2013년 대한시낭송가협회 국회의원 박범계 특별상
2014년 대한문인협회 한국문화예술인 대상
2014년 박경리 전국 시낭송대회 특별상
2014~2015년 대한문인협회 한 줄 詩 공모전 은상
2015년 한국문학 올해의 시인상
2016년 대한문인협회 한국문학 예술인금상
2017년 한국문학 예술인 대상
2018년 베스트셀러 1위 선정 수상
2019년 한국문학 문학대상 대상

〈시낭송 개인 작품집〉
-임세훈 시집 '거울 속의 다른 나' / 시낭송 CD 1집
-이서연 시낭송 CD '시 자연을 읊다'
　　　　　　　　 / 시낭송 CD 2집
- '시 소리로 삶을 치유하다'
　　　　 소리로 듣는 멀티 시집 / 시낭송 CD 3집
-장영길 사진과 시 '내 안의 그대 때문에
　　　　　　　 난 매일 길을 잃는다' /시낭송CD 4집
-황유성 시집 '유성의 노래' /시낭송 CD 5집
- '시 소리로 삶을 치유하다'
　　　 소리로 듣는 멀티시집 / 시낭송 CD 6~7집
- '시 마음으로 읽다'
　　　 소리로 듣는 멀티시집 / 시낭송 CD 8집

〈공저〉
2015~2021 명인명시 특선시인선
대한문인협회 대전충청지회
　　　　 동인 문집 "삶이 담긴 뜨락"
대한창작문예대학 졸업 작품집
　　　　　 "우리들의 여백"
유화에 시의 영혼을 담다
2020 유화로 보는 명인명시선
낭송하는 시인들

★박영애 시낭송 모음집★

시낭송 CD 1집
임세훈 시집 '거울 속의 다른 나'

시낭송 CD 2집
이서연 시낭송 CD '시 자연을 읊다'

시낭송 CD 3집
'시 소리로 삶을 치유하다' 소리로 듣는 멀티 시집

시낭송 CD 4집
장영길 사진과 시 '내 안의 그대 때문에 난 매일 길을 잃는다'

시낭송 CD 5집
황유성 시집 '유성의 노래'

시낭송 CD 6집
'시 소리로 삶을 치유하다' 소리로 듣는 멀티 시집

시낭송 CD 7집
'시 소리로 삶을 치유하다' 소리로 듣는 멀티 시집

시낭송 CD 8집
'시 마음으로 읽다' 소리로 듣는 멀티시집

QR코드 스마트폰으로 QR 코드를 스캔하면
시낭송을 감상할 수 있습니다.

본문
시낭송
감상하기

 기영석 시인편
명시
언어로 남다 시낭송 듣기

 김강좌 시인편
명시
언어로 남다 시낭송 듣기

 김기월 시인편
명시
언어로 남다 시낭송 듣기

 김락호 시인편
명시
언어로 남다 시낭송 듣기

 김영주 시인편
명시
언어로 남다 시낭송 듣기

 김정윤 시인편
명시
언어로 남다 시낭송 듣기

 김희경 시인편
명시
언어로 남다 시낭송 듣기

 김희영 시인편
명시
언어로 남다 시낭송 듣기

 남원자 시인편
명시
언어로 남다 시낭송 듣기

 민만규 시인편
명시
언어로 남다 시낭송 듣기

 박상현 시인편
명시
언어로 남다 시낭송 듣기

 박영애 시인편
명시
언어로 남다 시낭송 듣기

 박희홍 시인편
명시
언어로 남다 시낭송 듣기

 백승운 시인편
명시
언어로 남다 시낭송 듣기

QR코드 스마트폰으로 QR 코드를 스캔하면 시낭송을 감상할 수 있습니다.

본문 시낭송 감상하기

 성경자 시인편
명시
언어로 남다 시낭송 듣기

 염경희 시인편
명시
언어로 남다 시낭송 듣기

 유영서 시인편
명시
언어로 남다 시낭송 듣기

 윤인성 시인편
명시
언어로 남다 시낭송 듣기

 이도연 시인편
명시
언어로 남다 시낭송 듣기

 이만우 시인편
명시
언어로 남다 시낭송 듣기

 이상노 시인편
명시
언어로 남다 시낭송 듣기

 이정원 시인편
명시
언어로 남다 시낭송 듣기

 전선희 시인편
명시
언어로 남다 시낭송 듣기

 정상화 시인편
명시
언어로 남다 시낭송 듣기

 주야옥 시인편
명시
언어로 남다 시낭송 듣기

 한명화 시인편
명시
언어로 남다 시낭송 듣기

 한천희 시인편
명시
언어로 남다 시낭송 듣기

 전체 시낭송 모음
명시
언어로 남다 시낭송 듣기

·목차·

시인 기영석   14
아내의 밥상
구담봉 가는 길
봄의 소리
비워야 행복하다
삶이 그런거지

시인 김강좌   20
그곳에 가면
광대나물꽃
가자 여수 바다로
불두화
겨울나무

시인 김기월   26
서울역에 오면
그대는 나의 운명
지나간 날은 모두 추억이 되고
당신 행복하나요
윤회의 덫

시인 김락호   32
까치밥과 감나무
사랑과 이별 법
세상에 버려진 돼지
안녕이라는 노래는 끝났습니다
천년을 갈 거다

시인 김영주   38
조약돌에 꽃 피는 그날
금낭화
꽃냄새 풍기는 여인
늙는다는 것

• 목차 •

시인 김정윤   44
백수(白手) 노인
황혼 반사경
가을 애주가(愛酒家)
운명을 타는 노인
미망인

시인 김희경   50
방하착(放下着)
그리움은 숲이 되고
세월
당신 없인 못 삽니다
모퉁이

시인 김희영   56
일어나 걸어라
부재와 존재 사이
수선화 사랑
다시 봄
기다림

시인 남원자   62
탄생
해바라기 같은 당신
아버지의 손길
정원이 아름다운 전원주택
희망을 노래하다

시인 민만규   68
정든 임
그대는 나의 꽃이랍니다
미나리 향에 봄을 담고
주안상 위에 피는 황혼 사랑
사랑은

• 목차 •

시인 박상현   74
서리꽃
눈꽃
먼 훗날에 잊었노라
명자꽃
봄

시인 박영애   80
상흔을 품다
은밀한 비밀
파도의 사유
피반령 고개
희망 연가

시인 박희홍   86
치자꽃 연가
한 맺힌 응어리
미로 같은 시간
해로偕老
장미 소고小考

시인 백승운   92
가을 사랑
목련꽃 필 때면
어린 날의 회상 아침 속으로
중년
3월 일어서다

시인 성경자   98
겨울 나그네
가을이 나에게 온다
잡초의 아픔
어떤 날의 기억
계절은 오고 가는데 그리움은 더하고

· 목차 ·

시인 **염경희** 104
소녀의 꿈
인생길
꽃잠
어머니의 떡국
비밀

시인 **유영서** 110
지우는 마음도 푸른 물든다
마음 가는 곳
꽃편지
겨울의 끝
봄 여행

시인 **윤인성** 116
우리 엄마
어버이날
소쩍새
개나리
메아리

시인 **이도연** 122
춤추는 빨래
꽃처럼 살라 하셨나
바람도 저 홀로 걷는다
타인의 밤
눈물이 나면 그냥 울자!

시인 **이만우** 128
물방울
꿩의 밥
수선화
박태기 나무
낮달

·목차·

시인 이상노   134
꽃 중의 꽃
희망의 봄
봄비에 너를 보낸다
나는 잡초입니다
한 잔 술

시인 이정원   140
시의 맛
여름이 좋다
가을 단상
어머니의 연주
마라톤 인생

시인 전선희   146
어머니의 길
바람 같은 인생
가끔은
너를 위하여
금잔화 여인

시인 정상화   152
강아지풀
덫
가지치기
가을비
아름다운 삶의 방식

· 목차 ·

시인 주야옥   158
너였으면
바람이 분다
그리움
세월의 감나무
빈 잔

시인 한명화   164
해장국
나는 야누스 꿈으로 가는 길에
산책
나를 찾아서
붉은 연꽃

시인 한천희   170
어머님의 봄
파도 소리에 부서진 추억
벗꽃이 피는 거리
꽃으로 피어나는 봄
친구여 늙어가는 세월이 있네

명·시·언·어·로·남·다

시인 기영석

2021 명인명시 특선시인선

프로필

경북 예천 거주
대한문학세계 시 부문 등단
대한문인협회 정회원
(사)창작문학예술인협의회 회원
대한문인협회 대구경북지회 정회원
대한창작문예대학 졸업
문예창작지도자 자격 취득

<수상>
대한창작문예대학 졸업 작품 경연대회 금상
금주의 시, 낭송 시, 좋은 시 선정
2020년 12월 이달의 시인 선정
2021년 신춘문학상 공모전 은상

<공저>
문예대학 졸업작품집 "가자 詩 가꾸러"
2020년 유화로 보는 명인명시선
2021년 명인명시 특선시인선

아내의 밥상 / 기영석

때가 되니 밥을 차려준다
로라가 달린 소반에
달달 끌고 오는 소리가 들린다

몇 가지의 반찬과 밥이 째려본다
게으른 나에게 화가 난 모양
여느 때고 내 밥은 따뜻하고
아내는 식은 밥이다

죽이면 죽 밥이면 밥 남은 밥도
함께 먹자고 얘기를 했지만
천성으로 마음 착하게 태어나
못난 남편을 항상 먼저 챙긴다

맛있는 반찬도 꼭 내 앞으로
요즘에 보기 드문 섬김이다
미안함을 알아도 그러려니 한다

지난 잘못도 고생시킨 일들도
다 버리고 마음을 비운 건지
오늘도 따뜻한 밥을 차려 준다

15

구담봉 가는 길 / 기영석

고개 넘어 데크 계단 따라
닳아빠진 바위 틈새로
버팀목이 빤지르르 빛이 난다

수없이 오간 흔적은
긴 세월의 전설로 남겨지고
내 것인 양 익숙해진 바윗덩어리

주변 바위산과 호수의 경관
눈에 보이는 모두가 내 것인데
이만하면 되지 않겠는가
왜 그리 기분이 좋아지는 걸까

산은 나보고 이렇게 말했네
눈에 보이는 자연은 네 것이라고
파란 하늘 구름까지도
그냥 보고 즐기라고 말하네

나는
그래서 부자의 욕심은 진즉에 버렸네
자연은 내가 주인이니까
부러울 게 하나 없더라

철 따라 아름다운 구담봉
변함없이 자리를 지켜온 바위틈에
소나무와 곱게 핀 진달래가
그대로 잘 있는지 또 보고 싶구나

16

봄의 소리 / 기영석

기다림과 설렘으로 가득 찬 봄
변덕스러운 흐릿한 날씨가
마냥 서글퍼지고 개운치가 않다

텅 비워둔 들판에는 침묵을 깨우는
트랙터 소리가 요란스럽고
파리한 비둘기 한 마리
뒤뚱뒤뚱 내 앞길을 걸어간다

봄바람 꿈틀대며 코끝에 스치고
텅 빈 가슴에 봄을 채우며
계절은 말없이 봄을 만끽한다

어차피 계절은 오고 가는데
내년이면 어김없이 찾아오지만
살아온 인생은 외로움만 더해가고
쓸쓸하기 그지없구나

옷 사이 스미는 바람 배를 차게 하고
솔잎 사이 빠져 가는 바람 소리
귓전을 맴돌다가 말없이 떠나간다

17

비워야 행복하다 / 기영석

가난해도 굶지 않으면 되지 않은가
가진 게 없으니 빼앗길 것도 하나 없고
후회할 것도 부끄러운 것도 없다

내가 가졌던 모든 것은 내가 싫어서
내 곁에서 저 멀리 다 떠나버렸고
원망과 후회도 욕심까지 모두 떠났다

오직 나에겐 글을 쓸 수 있는 마음과
텅 비워진 나만의 여백이 있기에
또 사랑하는 가족과 늘 나를 믿어주는
든든한 아내가 있지 않은가

어디 그뿐이던가 친구들과 문우님
그리고 주변의 친인척 인연이 있는
모든 분이 가난한 나에겐 힘이 된다

자연과 사물과 일상만 있으면 된다
이름 없는 시인으로 살아갈지언정
버리고 비우면 행복이란 걸 난 알았다

삶이 그런거지 / 기영석

나는 돈이 없고 가진 게 없어도
불평불만 하지 않고 이 좋은 세상을
가지려 애쓰지 않아도 되는
이름 없는 시인이 되었나보다

그렇다 진즉에 알았어야 했는데
요즘 누가 시집을 사주겠나
아무리 좋은 시를 많이 써도
알아주는 이 하나 없지 않은가

독자 없는 글을 쓴다는 것은
그만큼 시대가 변했다는 증거다
그래도 시인은 남을 탓하지 않는다

욕심 없이 남에게 피해도 주지 않고
내가 마음속에 우러나는 심상을
자유롭게 있는 그대로를 쓰면 된다

잘 쓰든 못쓰든 모두가 내 것인데
어느 누가 뭐라 한들 관심 없다
쓰고 싶으면 쓰고 싶으면 안 쓰면 된다

시인 김강좌

시집 "하늘, 꽃, 바다"

프로필

전남 여수 거주
2015년 대한문학세계 시 부문 등단
2017년 대한문학세계 수필 부문 등단
(사)창작문학예술인협의회 회원
대한문인협회 광주전남지회 지회장

<저서>
시집 "하늘, 꽃, 바다"

<공저>
2020 유화로 보는 명인명시선
대한창작문예대학 졸업 작품집 "가자 詩 심으러"
광주전남지회 동인지 "세월을 잉태하여 1집, 2집"
2016, 2017, 2018 명인명시 특선시인선
유화에 시의 영혼을 담다

그곳에 가면 / 김강좌

야트막한 돌담을 따라 발맘발맘 걷다가
안과 밖의 경계를 지어 놓은
푸른색 대문 앞에서 발길이 멈춘다

문턱을 무시로 넘나들며
하루의 시작과 완성을 이루던 그곳에
산처럼 무거운 삶을 살다 가신
어머니의 흔적이 그득하다

삐걱거리는 문틈을 비집고
시선이 먼저 들어서니
흘러간 세월에 많은 것이 변했지만
기억 속의 낯익은 그리움은
익숙한 자리에서 여전하다

마당을 지나 뒤란을 돌아드니
보이는 것과 보이지 않은 것들이 조화를 이루며
이따금 찾아오는 발소리에 귀 기울이는 듯
묵직한 고요를 지켜내고 있다

지금도 그곳에 가면
눈시울을 적시는 추억이 지문처럼 남아 있다

광대나물꽃 / 김강좌

숲속 어디께에서
간간이 끊어졌다 이어지는 바람을 타고
그리움처럼 안겨드는 달짝지근한 봄 내음

텅 빈 가지 사이로 부서지는 햇살은
마른 들녘에 온통 풀물을 풀어놓고
이내 봄의 행간을 채울 것이다

긴 날 기다림으로 촘촘하게 피었어도
오고 감이 쉬운 발걸음에 묻혀
시선 하나 받지 못하는 키 작은 풀꽃들

2월의 짧은 해 끝을 잡고
바람이 미는 데로 찰랑거리는 그 몸짓이
아리도록 사랑스러운 광대나물꽃

무엇으로 빚으면
저리도 고운 꽃 빛이 될까

가자 여수 바다로 / 김강좌

문득 잃어버린 날이 그리워질 땐
바랑 하나 둘러메고
낭만과 열정이 넘치는
남녘의 바다 여수로 떠나자

짜릿하게 비상하는 해상 케이블카 타고
동백숲이 우거진 오동도에서
깎아지른 비경의 향일암을 휘돌아
만성리 검은 모래에 어둠이 내리면
몽돌을 베고 누워 하늘도 품어보자

푸른 바다에서 갓 빚어낸
광어회 도다리회
간장게장에 돌산 갓김치로
달빛이 가득 내린 마당에서
내 좋은 벗님과 마주 앉아
주거니 받거니 한잔 술도 그립지 아니한가

수 천 년을 해량하며
섬에서 섬으로 이어지는 사람들과
체온을 덧대어 더불어 사는 바다

기별처럼 천천히 오는 아침이 더 눈부신 그곳

가자 여수 바다로

불두화 / 김강좌

시린 계절을 건너느라
숭숭 구멍 뚫린 혈관을 타고
도량 곳곳에
오롯하게 빚어놓은 매무새가 곱기도 하다

인연 지은 무수한 날이
꽃으로 화하였나
발길 머무는 거리쯤에서
하이얀 꽃등 켜고
무량하게 빚은 향기를
보이지 않는 곳까지
기별처럼 담담히 풀어낸다

나풀나풀 내리는 봄비에
푸름이 윤슬처럼 빛나는 날

하나, 둘, 셋
일백여덟…

꽃술마다 침묵으로 합장하듯
둥글둥글 작은 체온을 덧대고 있다

겨울나무 / 김강좌

햇살 끝에 매달린 갈잎이
한 겹 두 겹 꽃비처럼 내리더니
짧은 해가 저무는 사이
이내 소신공양하듯 홀홀이 비워낸다

텅 빈 가지마다
창백하도록 시린 떨림을 끌어안고
서로를 배려하듯 다독이며
묵묵히 기다리는 나무

해마다 이맘때가 되면
나무는 성장을 멈추고 낮은 곳으로 내려와
먹물처럼 번지는 어둠 속에 자세를 올곧게 세운다

그렇게 물빛을 닮아가는 계절엔
귀를 열어 놓고
바람이 바람으로
꽃이 꽃으로 오는 계절을 천천히 기다림 하는 여정이 참 좋다

명·시·언·어·로·남·다

시인 김기월

시집 "늘 처음이었어, 오늘처럼!"

프로필

강원도 홍천 출생
대한문학세계 시 부문 등단
(사)창작문학예술인협의회 정회원
대한시낭송가협회 시낭송가

2019 서울 지하철 승강장 안전문 공모전 "서울역에 오면" 선정 게시
경기도 양평역 시 "양평역" 시화 게시
인천시청역사 "서울역에 오면" 시화 게시

<저서>
시집 "늘 처음이었어, 오늘처럼"

<공저>
숲을 이룬 열다섯 그루의 나무
비포장길 외 다수

서울역에 오면 / 김기월

지나간 인연
이제는 오래된 인연 하나
우연히 스치듯 만날까
설렘 가득 안고 오는 곳
기차 안에서 옆자리에 앉는 사람이
문득 그 사람이길 그 사람이었으면
이별도 없는 덫
서울역에 오면
뭉게뭉게 그리움이 떠다니고
고드름 걸린 산사 어느 처마 밑처럼
숙연해지는 마음 붙잡아 기적을 바라며
단 한 번만이라도 우연히라도
그대를 만났으면.

그대는 나의 운명 / 김기월

봄처럼 그대 내게로 와서
날 보며 처음으로 웃고
꽃 피고 지는 아픔을 겪으며
수줍게 사랑은 시작되었지

멈춤 없이 다가가 그대의 풍경이 되고
달이 되고 별이 되고 바람도 앉아 쉬어 가는
사랑이 되겠다고 약속했지

힘든 하루도 그대와 함께라면
잎이 무성한 나무 그늘이 되어주고
슬픈 순간도 그대와 함께라면
따뜻하고 넉넉한 가슴을 내어줄게

세상살이 힘들어도 흔들림 없이 다가와
의심 없이 밀물처럼 안겨 오기를
어설프고 힘들었던 어제보다
천천히 한 걸음씩 다가오기를

눈부시게 아름다운 그대
소중한 그대와 함께여서
지금, 이 순간 얼마나 행복한지
사랑합니다 사랑합니다
운명 같은 그대를.

지나간 날은 모두 추억이 되고 / 김기월

라일락 향기 바람에 흩어져
너울너울 코 밑까지 와서
흔들리는 위태로움으로
바람을 주체하지 못한 채 속삭인다

그때도 바람은 불었고
구불구불 길을 따라서 왔고
산을 넘어 흔들거리며
몸속을 파고들어 홍역처럼 앓았다

긴 겨울에서 깨어난 내게
사정없이 제멋대로 파고들어
이렇게 아름다운 거라고
숫눈처럼 뿌려지던 그 날

계절도 놓쳐버린 삶에
참고 견딘 눈물은
물의 분수처럼 물구나무를 서고
생의 반란을 일으켰던 그 봄

산을 베고 누운 길 위에
라일락 향기 천지인데
땅 위와 하늘 골짜기마다 향기로운데
지금은 그 어디에도 없는
잠시 잠깐의 무지개였다. 너는.

29

당신 행복하나요 / 김기월

내 계절의 끝은 여름이고
내 하루의 끝은 당신이 돼버린 지 오래
당신 행복하나요.

늦은 여름을 마주하고 당신을 만납니다.
가끔 아주 가끔 솔직해지고 싶을 때 가 있습니다.

심드렁한 인생도 풀어놓고
기쁜 하루도 줄 세워놓고
힘든 하루의 소소한 일과도 풀어 제치고
마음을 터놓고 얘기하고 싶을 때
오롯이 알몸으로 섰을 때 당신을 만납니다.

먼 미래로 유배된 언어로
그 길 끝에 마음의 바람을 당신에게 보냅니다.

당신 행복하나요.

윤회의 덫 / 김기월

무슨 사연으로 저리 벌렁 누워버린 걸까
전생의 업보가 얼마나 무거웠기에
홍등 아래 축생의 살을 누이고
대단한 윤회의 덫에 걸린 걸까
80 억겁의 시간 속 행위로 빚은
시리도록 붉은 처절한 모습이
가슴 저미는 아픔으로 일렁이는 새벽

죽어서도 벗어날 수 없다면
미물처럼 버러지처럼 살지 말아야지
이 세상에 나와 힘겨운 세월 살면서
혹시라도 지고 가는 등짐 속에
악의 봇짐은 지고 가지 말아야지
그래도 윤회의 덫에 걸린다면
지상에 내려앉은 모든 것들을 걸고 기도해야지
바람으로 살게 해달라고
세상에 이름 달지 않고 살게 해달라고.

명·시·언·어·로·남·다

시인 김락호

장편소설 "나는 야누스다"

프로필

(현) (사)창작문학예술인협의회 이사장
(현) 대한문인협회 회장
(현) 도서출판 시음사 대표
(현) 대한문학세계 종합문화 예술잡지 발행인
(현) 명인명시를 찾아서 CCA TV 대표
(현) 대한창작문예대학 교수
저서 : 시집 <눈먼 벽화>외 10권
소설 <나는 야누스다>
편저 : <인터넷에 꽃 피운 사랑시>외 250여권
명인명시 특선시인선 매년 저자로 발행
시극 <내게 당신은 행복입니다> 원작 및 총감독
<CMB 대전방송 케이블TV 26회 방송)

까치밥과 감나무 / 김락호

만삭의 몸으로 서 있는 감나무를
찬 서릿발이 희롱하고
중원의 벌판에서 쫓겨난 황사 바람이
비틀거리는 감나무를 강간했다

감나무는 자신의 사랑인 홍시와
갈잎을 다 떨구어 주면서도
자신을 의지하여 살고 있는 까치집을
지켜냈다

마을 아낙네들은 감나무의 허물을 들춰내려
딱따구리처럼 감나무를 쪼아댄다

저놈은 그깟 중국산 황사 바람 하나이기지 못하고
제 자식 같은 갈잎과 감을 다 내어주었다고

하지만 감나무는
까치밥으로 남은 몇 개의 감이 남아 있음에
행복을 꿈꾼다

내일 또다시 배고픈 낮달이 뜨면
배부른 까치가 불러주는
행복의 노래는
마른 가지에 앉아 내일을 꿈꾸게 한다.

사랑과 이별 법 / 김락호

살아서 어둑하고
죽어서 명료하기만 한 사랑
떠나가는 사랑을 위해
이별 노래하지 말자

새로 오는 사랑을 위해
자리를 비워 놓고
사랑받기를 원하지 말고
떠나갈 조건을 만들지 말자

삶이 괴로운 사람은
사랑을 원하면서도 사랑을 하지 못한다

내가 사랑한 만큼
미움이 싹트게 두지 말고
또 다른 사랑을 나누어 심자

이별과 싸우지 마라
외로움과 서러움이 찾아오면
내 인생과 삶이 멈추기 시작할 터

사랑이 찾아오면
마음을 속이지 말고
변명이나 가식 없이
최선을 다해 또 사랑하자.

세상에 버려진 돼지 / 김락호

너무 작아 흔적조차 없다

구린 바람만 세상을 휘덮고
혼탁한 먼지는 안개처럼 내려앉는다

불타는 아궁이에
던져둔 누런 감자는
까맣게 타들어 재가 되었고
눈 내리는 겨울밤
옹기종기 모여 앉아
껍질 벗긴 고구마 먹던 시절은
TV 속 세상이 된 지 오래다

서글픔의 비가 내린다

변해가는 세월을 한탄하며
낮 비는 추적거리고
나는 온종일 허우적거리는
물통 속에 빠진 돼지가 되어 버렸다

도시를 질주하는 돼지는 오늘도
구정물 속 흰쌀로 살찌워만 간다.

안녕이라는 노래는 끝났습니다 / 김락호

노래는 끝났습니다
커피잔은 아직 따스한데
음악이 아닌 절규 소리가
지금 마지막 음을 내리고 있습니다

검은 통 속에서 들려오던
당신의 애절한 사랑이
마지막 여운을 남긴 채 사라지려 합니다

조율하고 연주하던
우리 사랑 노래는 끝이 나고
가로등과 달빛 사이를 지나던 바람 소리마저도
안녕이란 노래를 부르고 있습니다

달빛 따라 흐르던 당신의 고운 목소리도
빗소리에 눈물 감추며 부르던
우리의 사랑 노래도
가녀린 흐느낌으로 귓전에 남을 때
우리는 안녕하며 묻어버린 사랑을 남겨둔 채
이제 장엄했던 노래는 마침표를 찍습니다.

천년을 갈 거다 / 김락호

사랑은 목에 걸린 가시처럼 아프고
아련한 기쁨에 이별을 꿈꾸는 너는 섧다

그림자 없는 사랑에 너는 도리질을 하고
허한 아픔에 나는 흩어지는 꽃잎을 주워 담는다

보고 싶어서 너는 슬프고
행복해서 나는 운다

기다림에 가슴이 시려서 너는 웃고
널 놓아본 적 없는 난 서럽다

너의 가슴속에서
난 뚜벅뚜벅 걸어 천년을 갈 거다.

명·시·언·어·로·남·다

시인 김영주

2020 유화로 보는 명인명시선(選)

프로필

대한문학세계 시 부문 등단
대한문학세계 수필 부문 등단
(사)창작문학예술인협의회 회원
대한문인협회 경기지회 정회원
월간 문예 (사)문학애 정회원
가슴 울리는 문학 회원
문학 어울림 회원
시를 꿈꾸다 회원
詩를 위하여 회원
"코로나-19 짧은 시 짓기 공모전" 장려상
2020 유화로 보는 명인명시선 공저

조약돌에 꽃 피는 그날 / 김영주

폴짝 뛰는 이밥 한 톨 안개꽃 그려놓고
붉은 굴뚝에 쏙쏙 들어가니
실개천이 품어놓은 뽀얀 조약돌 같아
새소리 빠진 가슴에 물이 흐른다

노을에 타다만 바다에 별이 뜨면
가쁜 숨 몰아쉬는 꼬마 달 오르나
구김 없는 하늘 맴도는 물고기만
잃어버린 바다 그리워 운다

숲이 허락한 바람과 새, 나비, 안개, 무수한 소리
오고 가는 행렬에 동행한
핏줄 품은 조약돌의 눈가엔
이슬만 뱉어낼 뿐 미약한 호흡도 없다

존엄하게 숨을 놓는 시치는 소리
미명에 핀 매화 이려는가
말라버린 조약돌에 모란꽃 피는 날
하얀 별이 되어 숲을 보고 싶다

금낭화 / 김영주

허리가 없어 펴지 못하고
입이 없어 말 못 하는 현호색
봄 햇살로 빚은 하얀 입술
그저 오가는 바람에 종만 울립니다

섧게 기다린 마음 넙적 바위에 널어두고
이슬 벗는 송충이 빙긋한 미소 뽑을 때
빛바랜 줄기에 나비라도 앉으면 임인 줄 알았지요

거꾸로 매달려 뱉는 무거웠던 상념
내 머리 올려주는 바람의 손 버겁지만
심오한 마음 받아주는 구름에
내면의 선 긋습니다

하얀 비에 맺힌 봉독하는 웃음
연 꼬리에 묶을 때마다
두메부추 뜯는 여인을 보며
임의 시 종에 담아 달의 눈물로 읊어 봅니다

꽃냄새 풍기는 여인 / 김영주

진종일 꽃냄새 풍기는 여인을 기다린다

몇 장의 바람에 스치는 흙냄새
신선한 목소리 촉촉 하지만
가을을 걷는 시절 여인

멎을 듯한 향기에 떨리는 심장
들풀 해치는 나지막한 꽃씨마저
그녀의 이야기는 아니었다

봄은 그렇게 애써 피워온
열정을 길섶에 놓고
우는 새 따라 떠났다

숙연한 기다림
송홧가루처럼 흩어질 때
바짝 마른 가슴은
이름 모를 바람에 쓰리고

한 모금 넘기는 커피도
쓸쓸한 낙엽같이 말라갈 때
그녀의 꽃은 이미 지고 없기에
4월을 품은 5월의 향기 기다린다.

늙는다는 것 / 김영주

초당 댓돌 빗금 사이 눌어붙은 세월
흙 밟은 신발만 벗어 놓았는데
그놈은 어찌 그리 윤택한지
함께 먹는 나이 같은데 댓돌은 젊어진다

문헌의 꽃 고귀한 글 읽던 눈
외면하는 세월에 정교하게 쌓아온
용마루도 낡았던가

조석으로 찾아
노래하던 철새도 오지 않고
허탈한 웃음 하얀 수염에 걸려
수척한 마음 둘 곳 없구나

빈 골방에 걸린 옷 한 벌
문지방 넘는 바람만이 입어보다
누린 냄새 풍긴 먼지 툭툭 털어
선반 위에 올려놓고

곰방대 한숨에
찌든 연기 들이마시는 입가에
흰 국화꽃 무성히 키워냈던 세월

소리의 공명 커질 때
비가 오면 피부 안
조각들의 신음 빛을 잃고

뜰에 무쳐지는 소진된 기력
기어 다니던 툇마루에
누런 고함 생생한데
퇴색한 하모니카 슬피 운다

이놈의 마루턱은
왜 이리 높기만 한지
들숨에 일어서 날숨에 올라

굵은 먹물에 젖은 고서 한 권
말리는 바람에
스스로 넘길 수 없는 삶

늙어가는 정수리에 햇살만 앉아 노니는구나!

시인 김정윤

시집 "감자꽃 피는 오월"

프로필

울산 거주
대한문학세계 시 부문 등단
(사)창작문학예술인협의회 회원
대한문인협회 울산지회 정회원
한국문인협회 회원

<수상>
2019년 한국문학 올해의 시인상
2020년 명인명시 특선시인선 선정
2020년 3월 이달의 시인

<저서>
시집 "감자꽃 피는 오월"

백수(白手) 노인 / 김정윤

허무한 인생 고달픈 삶
준비 없이 채워진 나이에 쫓겨난
세상이 붙여준 이름 백수(白手) 노인

갈 길은 먼데 세월의 무게에
맥 빠진 삶을 등에 업고
오라는 곳 없어
갈 곳 찾아 헤매는 가엾은 방랑자

눈먼 장님
말 못 하는 벙어리가 아니라고
외쳐도 보았지만
세상에 낙인된 노인이란 숫자

눈뿌리 아프게 참아온 밤
장맛비가 토해낸 하얀 물안개가
비탈진 계곡을 기어오르는 새벽부터

발정 난 들개처럼 컹컹거리며
지폐 냄새를 찾아 헤매는
예순다섯
숫자가 만든 이름 백수(白手) 노인

어두운 세상 한 모퉁이에서
힘겨운 삶의 등짐을 지고 오늘도
오라는 곳 없는
갈 곳을 찾아 길을 떠난다.

황혼 반사경 / 김정윤

숲속의 세레나데가 들려오는 검단마을 동산
백인의 전사들이 탑승한 회사 담장 위에
땅속 깊숙이 몸을 박고 외롭게 서 있는 반사경

번잡한 도시의 길목
예측불허의 사각지대를 지키며
애환을 조율하는 화려한 삶을 뒤로하고

산 너머 달빛이
초록 잎 사이를 기웃하다 능선에 올라
슬며시 등을 기대며
속살거리는 달빛 사랑에
소리 없이 내리는 밤이슬에
젖는 줄도 모르고

나뭇가지를 흔드는 달그림자에 놀라
짖어대는 누렁이 소리에
일상의 고단함을 깨운다

무논에 개구리울음 같은 세상
속절없이 흘러가는 세월 뒤에서
철새들의 구슬픈 노랫소리를 들으며
묵묵히 황혼의 밤을 지키고 있다.

가을 애주가(愛酒家) / 김정윤

황금빛으로 드리워진 저녁노을 속에
한잎 두잎
바람에 떨어지는 낙엽을 바라본다

가슴 아프게 보고픈 이도
애타는 그리움도 없는
쓸쓸한 마음에 낙엽을 밟는다

시끌벅적 주막엔 낯설지 않은 얼굴들이
술잔을 기울인다
좁고 긴 터널 속으로 미끄러지듯 파고드는
짜릿한 쓴맛의 유혹을 참지 못해 동석하고

다 함께 건강을 위하여
소리 높여 첫 잔을 비우고
고달픈 삶을 위로하기 위해 잔을 채운다
진한 외로움에 건배의 잔을 들고
서글픈 인생의 한풀이로 노래를 부른다

혈관 속을 헤집는 순도 높은 알코올이
기억의 뇌를 자극하여 잊어버린 과거사를 들썩이며
마음속에 잠자는 뿌리 깊은 과거들을 부추겨
풍선처럼 부풀린 말과 말들이 허공을 난무한다

비틀거리는 세상을 원망하고 또 원망하고
떨어지는 낙엽과 함께
스르르 무너지는 가을 애주가의 하루.

운명을 타는 노인 / 김정윤

비만의
거대한 몸을 흔들며
유월의 푸른
바람이 불어온다

땅거미가 내려앉은
놀이터에
불법 체류한 붉은 조각들이
구석구석 몸을 숨기고

가로등 불빛 속으로 뛰어든
하루살이의
슬픈 운명을 수습한다

한바탕 어린 즐거움이
지나간 자리에
노인은 그네를 타고 있다

요양원 목에 걸린
울리지 않는 전화기처럼
흔들거리며

잊혀가는
유년의 그리움을 타고
겹겹이 밀려오는
외로움을 타고
돌아오지 않는 세월 속에서
노인은
운명을 타고 있다.

미망인 / 김정윤

떠나지 못한
철새의 울음이 들려오는 밤
돌아오지 않는 그리움을
기다린다

어디쯤 오고 있을까
길 건너 포장집에
졸고 있는 주인을 잡고 앉아
외로움을 마실까

까맣게 잠든 주차장엔
희미한 불빛만 졸린 눈을
부비며 서 있다

금방이라도
문을 열고 들어올 것 같은
기다림의 문고리엔
세월만 쌓여간다

밤을 두드리는 시계 소리에
잠 못 드는 밤
미치도록 외롭고 그리워서
흐느끼는 밤
언제나 함께했던
그림자 하나 눈앞에 서성인다.

시인 김희경

2021 명인명시 특선시인선

프로필

대한문학세계 시 부문 등단
(사)창작문학예술인협의회 회원
대한문인협회 부산지회 정회원

<수상>
2018년 향토문학상 동상
2019년 명인명시 특선시인선 선정
2019년 짧은 시 짓기 장려상
2019년 한국문학 향토문학상
2019, 2020, 2021 명인명시 특선시인선 선정

<공저>
2020 유화로 보는 명인명시선
2021 명인명시 특선시인선
언어의 향기 - 시를 꿈꾸다 3
박영애 시낭송 모음 8집 "시 마음으로 읽다"
시를 꿈꾸다 1, 2
2019, 2020, 2021 명인명시 특선시인선

방하착(放下着) / 김희경

추위는 언제 감겼었는지
때가 되었다고 타래 풀었고요
벚꽃 한껏 피워내며 앞으로는 꽃다지일 거라고
꿈의 단어들 수놓은 문장 펼쳤지요

허나, 비바람 불어 읽을 새도 없이
책장을 넘겨버렸고요
찰나의 꿈처럼 재빨리 휘발되었지요
쉬이 들뜨고 쉬이 풀 죽었던 과욕을
속단의 저울에 얹어두고
단속을 애정이라 여긴 세월이 보였고요
열쇠 잃은 서랍이 조금씩 열렸지요
붙들고 있던 단어들도 바람을 따라갔지요

벚나무 그냥 놓은 빈자리마다
꽃은 가벼이 떠나며 손 흔들었고요
초록 신호등 밝혀 길을 닦고 있었지요
곧, 모음의 손을 잡은 초록 눈 맑은 자음들이
비워진 자리로 아장아장 걸어 나오겠지요
예쁜 문장들 허공에 그리겠지요

그리움은 숲이 되고 / 김희경

이 가슴에 별빛 가득 부어놓고
떠나가신 당신의 자리도
오랜 세월을 입었습니다
미움 저물고 원망 저물었는데
자꾸만 자꾸만 왜 가려운지요

빗소리에 젖어
마음 내리게 하시어 움 돋고
바람 소리에 흔들려
귀 밝게 깨우셔서 움 돋고
좋은 햇살에 그윽해져
미소 짓게 하셔서 움 돋고
노을 진 바다에 애잔한
갈매기 울음으로 오셔서 움 돋습니다

그리하여 가려움은
그리움의 키를 자꾸 키우는데

혹여 당신도 그러하셔서
잠든 밤 불현듯 날아와
자주 앉았다 가시는지요

그리움의 주소는 잠이 없어서
어두운 밤 별빛으로 모두 일어나
자꾸만 울창해져 숲이 되었기 때문입니다

52

세월 / 김희경

엎질러진 물 같은
엎질러진 마음은
주워 담지 않으면
내 마음이 아닌 거지요

불타버린 장작처럼
속이 다 탄 마음은
바람 앞에 날려버리면
내 마음이 아닌 거지요

풍파에 떨어져 나간 옹이처럼
세상에 뒤처졌다는 야속한 마음을
견딤이 아닌 받아들임으로 안으면
내 마음이 아닌 거지요

마음은 세월 따라 맥을 짚어주는데
몸은 자꾸 병인 양 붙들지만 않으면
맥 따라 한 산을 이루는
자연이 허락할 흐르는 삶일 테지요

그 마음들이 거센 파도를 만들어도
수평선은 여태껏 기울어지지 않음은
수평선도 그의 수평선에게
허울 된 못난 마음 내보냈음일 테지요
결 따라 또 세월이겠지요

53

당신 없인 못 삽니다 / 김희경

꿈길에 당신이 오셔서
이별의 잔인한 말을 하셨습니다

당신 없으면 어찌 사나
당신 없으면 나는 어쩌나
꿈에서도 나는 당신을 잡고 울었습니다

놀라서 깬 곳에 문득
엄마 없인 나는 못 살아요
엄마 없이 내가 어찌 살아
그렇게 오랜 세월 했던 말이 돌아와 있고
밤하늘만 멍하니 한참을 올려다보았습니다

엄마가 이 세상에 이젠 안 계셔도
엄마 목소리 다시 들을 수 없어도
나는 밥 먹고 잠자고 꿈꾸고
때론 아프며 잘 살고 있는데
당신 없이 내가 못 살 거라는 건
꿈에서라도 거짓말같이 느껴졌습니다
그래서 눈물이 더 쏟아졌습니다

나는 이제 그렇게 사랑한 엄마도 없으니
이렇게 사랑하는 당신 없인 정말 못 삽니다
나는 몹쓸 상습범이지요
그러니 당신이 꼭 체포하셔서
거짓말 더는 안 하도록
나보다 더 오래 살아주셔야 합니다

54

모퉁이 / 김희경

어둠이 내리는 저녁
지게 가득 고단을 메신 아버지가
소를 앞세워 돌아오시던 굽이진 다랑논 길모퉁이

고사리 내어주고
돈사러 장에 가신 엄마를 태운 막차가
불빛부터 앞세워 경적 울려주던 먼 언덕 모퉁이

졸졸졸 따라오던 달이 사라져
어둠이 무서워 걸음마저 울먹일 때
나보다 더 헤맨듯한 달을 얼른 찾아 꺼내주던 산모퉁이

모퉁이에는 기다림의 시선이 살고
모퉁이에는 반가움의 안도가 살고
모퉁이에는 마음이 먼저 오는 사랑이 산다

꼭 온다는 약속의 희망이 오는 곳이다
돌아오는 사람을 위해
돌아오지 않는 사람을 위해
그리움의 손전등 들고 평생을 바라보는 곳이다

시인 김희영

시집 "시간 속에 갇힌 여백"

프로필

대한문학세계 시, 수필 부문 등단
(사)창작문학예술인협의회 이사
대한문인협회 인천지회 정회원
대한창작문예대학 졸업
문예창작지도자 자격 취득

<수상>
2021 신춘문학상 대상
2018년 짧은 시 짓기 대상
2017년 한국문학 특별상, 한 줄 시 짓기 공모전 은상
2015~2021 명인명시 특선시인선 선정
2016년 한국문학예술인 대상, 순우리말 글짓기 대상
2015년 한국문학 올해의 작가상, 순우리말 글짓기 동상
2014년 대한문인협회 올해의 시인상
금주의 시, 이달의 시인 선정

<저서>
시집 "시간 속에 갇힌 여백"

일어나 걸어라 / 김희영

뼛속까지 시린 겨울은
시간의 흐름 속에 녹아내린다

칠흑 같은 어둠은
한 줄기 빛에 스러지고
칙칙하고 고단한 오늘은
일어서서 걷지 않으면
내일은 오지 않는다

현실은 주저앉으면 외롭고
일어서면 고단한 슬픔뿐인 삶
어둠의 터널에서
한숨마저 여유가 되고
밀랍이 되어버린 시간 속에서
절망은 지친 육신의 어깨를 짓누른다

어깨가 부서지는 삶의 무게라도
일어서서 한 발짝 나아가면
어둠에 갇힌 희망은
태양을 업고 솟아오를 것이다.

부재와 존재 사이 / 김희영

주체 못 한 푸른 힘줄
한창 물올라
꽃보다 요염했던 단풍
그 시절 다 내어주고도
저토록 당당한 반백
새털 같은 시간들
온전한 반백이 되기 위해
이파리들 하나씩 하나씩
떨구어 내던 나의 계절
가두었던 시간 한줄기 풀어주면
저렇게 당당히 물들어질까

남은 시간들은
부족해서 가볍고 아쉬워서 무거운
자그마한 애착들
훌훌 벗어 던지고
드높은 산이라도 훌쩍 뛰어넘어
허공처럼 부재였던 나를 벗고
이제는 존재하는 이름이고 싶다.

58

수선화 사랑 / 김희영

붉은 해 솟아오른 듯
회색빛 대지에
노란빛으로 우뚝 솟아
노을을 등에 진
고고한 자태

시샘하듯 다시 얼어붙은 대지에
노란빛 미소로 답하는 너
촉촉이 이슬 맺힌
선하고 동그란 눈망울과
오뚝한 콧날은 바람을 가르는 듯하고
자그맣고 빨알간 입술이
앙증맞은 천상의 소녀다

수정보다 맑은 향기로운 미소
봄을 손짓하며 하늘로 흐르고
순결한 신비로움 물 위에 비추니
따사로운 햇살도 잠시 곁에 머문다.

스마트폰으로 QR코드를
스캔하면 시낭송을 감상
할 수 있습니다.

다시 봄 / 김희영

눈 덮인 강 밑으로
흐르는 물도
서산마루에 걸터앉은
찬란한 햇살도
어둠 속으로 빨려 들어가
꽃도 빛을 잃은 봄입니다

소용돌이치는 소음
발버둥치는 시간에
하늘빛도 어둠으로 가려
대문을 꼭꼭 걸어 잠그고
창틈으로 싹이 트는 봄

그리움과 기다림 사이에서
희미하게 남겨진 흔적
콘크리트 벽에서도 꽃이 피어나듯
어둠 속에서도 봄은 오고
달빛에 젖은 어둠도
봄빛으로 젖겠지요

찬란하게 시린 봄도
가난한 햇살 한 줄기에
꽃 피우는 봄이
멀지 않았다는 것을
비좁은 틈에서 피어난
민들레꽃을 보며
깨닫습니다.

스마트폰으로 QR코드를
스캔하면 시낭송을 감상
할 수 있습니다.

기다림 / 김희영

한 방울의 빗줄기로 오시렵니까
타는 목마름
모세혈관도 말라버린 메마른 가지에
따뜻한 생명의 단비로 오시렵니까

햇살 한 줌으로 오시렵니까
빛을 잃어버린 회색 도시의
가녀린 호흡 목숨 빛깔의 햇살로
그대는 오시렵니까

한 송이 꽃망울로 오시렵니까
잃어버린 계절의 틈새에서
빛도 생명도 다 타인이 되어버린
싸늘한 어둠 속에서 향기 앞세운 꽃망울로
그대 오시렵니까

그대 오시려거든
봄빛 가득한 꽃향기로 오십시오
그대 오시려거든
봄바람 비를 품은 생명의 물줄기로 오십시오

향기롭지 않아도 괜찮습니다
화려하지 않아도 좋습니다
그대가 곁에서 숨 쉰다는 것만으로도
행복이라는 것을 이젠 압니다

기나긴 기다림도
숨죽인 어둠 속에서 한 줄기 희망이 되어
그리운 당신이 됩니다.

시인 남원자

2021 명인명시 특선시인선

프로필

서울문화예술대학교
대한문인협회 경기지회 정회원
대한문학세계 시 부문 등단 신인문학상
(사)창작문학예술인협의회 회원

2020년 9월 좋은 시 선정
2020.12월 조세금융 신문 詩가 있는 아침 '시' 선정

<공저>
대한문인협회 경기지회 동인문집 "달빛 드는 창"
2021 명인명시 특선시인선

탄생 / 남원자

어미의 탯줄에서 아홉 달 만에 태어나
이 세상에 힘들게 나와서
높으신 님의 지시로 다시 하늘나라로 갔다
삼 일 만에 이 세상 광명한 빛을 보았다

환영하는 사람들 모두 슬픔에 젖어
웃음 대신 눈물만 뚝뚝 떨구고 있을 때
엄마는 멋진 하늘나라 구경하고
천당 들어가 열두 대문 여행을 하였다

하늘나라 여행을 하고 다닐 때
아기 옆에는 울음바다가 되었다
축복을 하기 위해 오신 가족들
눈물만 뚝뚝 흘리고 있었다

엄마와 아기는 세상의 광명한 빛
밝은 빛을 보고 부모님이 기다리는
반짝반짝 빛나는 별이 되어 탄생하였다

부모님께는 아픈 손가락이면서
가장 사랑받으면서 살아왔다
부모님의 끝없는 사랑 헤아리지 못하고
이제야 효도하려 하는데 세월의 무게감으로
쇠약해진 건강이 염려스럽다

63

해바라기 같은 당신 / 남원자

당신은 해바라기 같은 사람
삶이 힘이 들고 아파도
웃으면서 괜찮아하잖아
언제나 긍정적으로 사는 사람

비가 오거나 눈이 와도
바람막이가 되어 주고
햇빛을 막아주는 당신은
해만 바라보는 해바라기

바람 불고 태풍이 몰아쳐도
뿌리 깊은 소나무 같은 사람
내일 죽어도 오늘 사과나무
한 그루를 심겠다고 다짐한 그대

요즘 자꾸만 늘어가는 한숨 소리
이제 천천히 내려놓으세요
어차피 인생은 빈손으로 왔다가
빈손으로 가는데
천천히 쉼 하면서 가세요

아버지의 손길 / 남원자

집 뒤 초록 물결 이루는 텃밭
아버지와 엄마의 놀이터다
04시 알람 소리에 일어나서
눈만 뜨면 채소들과 아침 인사하고
고향에 두고 온 친구들 만나러 간다

오늘은 버스를 타고 철수를 찾아
지하철을 타고 친구들 찾아 나선다
갑갑해서 걷는 걸음이 버스 타고 지하철
익살스러운 아버지의 입담
집에서 테라스까지 기차역이다

키가 훨씬 커버린 옥수수나무
넓은 평수를 차지하는 호박넝쿨
빨간 방울토마토 보라색 가지
고구마 줄기 어느새 자라서 웃고 있었다

맑은 하늘에 해님을 그리워하고
긴 기다림으로 손짓을 하는 덩이
노란 황금알을 낳고
오랜만에 만난 해님과 축제한다

황금알 건져오는 날
언덕길 내려가서 보물찾기한다
응원하고 두 덩이 건져오는
호박과 고추 부모님의 피와 땀으로
저녁 시간 웃음꽃 피었다

65

정원이 아름다운 전원주택 / 남원자

새소리 정겹게 지저귀고
넓은 마당엔 잔디를 깔고
소나무 개나리 진달래
뒤뜰에 장독대가 나란히

거실에는 향긋한 아메리카노 한 잔
그 향기 마당에 가득 은은하게 퍼지고
뒷뜰에는 포도나무에 포도가 주렁주렁

장독대엔 항아리가 가득
세월의 흔적들 빈 항아리 되어
장독대를 지킨다

땀 흘려 일구어 낸 그림 같은 집

아이들과 오순도순 지낼 때에는
행복이 가득가득 웃음꽃 피우고

이층에는 테라스 예쁜 찻잔 속 그리움
문을 열면 가까운 산 수채화 그리고

경치 좋은 창가에서
지나간 세월 추억을 안주 삼아
주마등처럼 흘러가는 삼십 년 필름 속에

꽃길만 걷던 청춘 가슴에 남아
흰머리 가을 낙엽 되어 이마에 주름이 가득
지하에는 노래방 만들어 지난 시름
토해내듯 노랫가락에 한을 품는다

스마트폰으로 QR코드를
스캔하면 시낭송을 감상
할 수 있습니다.

66

희망을 노래하다 / 남원자

파란 하늘 실 구름 사이
아주 강렬한 태양은
풍차와 회오리 같은 원을 그리며

연둣빛 향기와 봄 노래가
상큼하고 따뜻하므로
내 가슴에 포근히 안긴다

저 넓은 들녘 아롱아롱 아지랑이
연초록 향기 뿌리며
너울너울 춤을 추면서 날아온다

보일 듯 말 듯 저기 언덕 들판에
종달새 지지배배 오늘을 노래하고
아롱아롱 아지랑이 잡힐 듯
가물가물 다가와 가슴에 안긴다

동지섣달 꽁꽁 얼어붙은
온 마음을 열고 들어가
봄을 노래하고 환희에 박수를
강렬한 태양 가득히 받아
희망 가득한 봄을 노래하리라.

名·시·언·어·로·남·다

시인 민만규

2021 명인명시 특선시인선

프로필

대구 거주
대한문학세계 시 부문 등단
(사)창작문학예술인협의회 회원
좋은 시 선정
2021 명인명시 특선시인선 선정
제8회 2021 짧은 (시) 짓기 전국 공모전 입상

정든 임 / 민만규

풋풋한 솔 향기에 그리움이 실려 오면
정든 임은 전설 속에 선녀가 되어
보름달처럼 환한 미소로
설레는 내 마음에 살며시 스며듭니다

영롱한 아침 이슬처럼
해맑은 미소로 다가와
가랑비에 젖어 들듯 촉촉이 젖어 듭니다

초롱초롱한 꽃별 같은 눈빛으로
햇살처럼 따스한 천사의 모습으로
내 마음을 흔들어놓습니다

옥구슬처럼 청아한
임의 노랫소리는 솔바람에 실려 와
별빛 쏟아지는 호수에 잔물결 일렁이며
내 영혼을 깨웁니다

정든 임의 소소한 작은 움직임까지
무한정 내 마음에 담아두고
오늘도 그리운 향기로 임 마중 나갑니다

그대는 나의 꽃이랍니다 / 민만규

그대는 나에겐
휘영청 밝은 달도 부끄러워하는
꽃이랍니다

그대는 나에겐
봄바람에 흩날리는
라일락 향기도 수줍어하는
향기로운 꽃이랍니다

그대는 나에겐
영롱한 아침 이슬이 시샘하는
맑은 영혼을 가진
싱그러운 꽃이랍니다

내가 보고파 그리울 땐
언제나 나의 벗이 되어주는
그대는 나에겐
영원히 지지 않는 꽃이랍니다

미나리 향에 봄을 담고 / 민만규

봄의 먹거리 전령사 청도 한재 미나리밭에
초록 물결 일렁이며 봄은 왔습니다

아삭아삭 식감에
지글지글 고소하게 익어가는 삼겹살이
가마솥 뚜껑에 알몸으로 드러누워

향긋한 미나리 향에 취해
연분홍 몸매 자랑하며
봄 햇살이 수줍어 이리 돌아눕고
저리 돌아눕습니다

새봄이 준 최고의 선물 싱싱한 미나리에
꼬들꼬들 삼겹살 쌈하니
소주잔은 춤을 춥니다

봄도 덩달아 흥에 겨워
향기로운 미나리 한 단
내 가슴에 덜컹 안깁니다

주안상 위에 피는 황혼 사랑 / 민만규

젓가락 두 모
숟가락 두 개
도란도란 사랑꽃 피어난다

사랑 담은 부추전에
행복 볶은 해물 낙지
사랑도 조물조물 행복도 조물조물
정성도 섞고 설렘도 섞고
요리박사 솜씨 뽐내고 뽐내며
사랑의 주안상 차려진다

주거니 받거니 한잔 술에
행복도 마시고 사랑도 마시고
오손도손 이야기꽃 피우며
황혼의 사랑은 익어간다

오늘 밤은 이슬비에 젖어 들듯
정든 임에게 젖어 들어
밤하늘의 별들이 스러져 잠들 때까지
안주에 취하고 술에 취하고
사랑에 취하고 싶다

사랑은 / 민만규

사랑은
달콤한 사탕만 주는 게 아니랍니다
쓰디쓴 열매도 주는 거랍니다

사랑은
알콩달콩 행복만 주는 게 아니랍니다
텅 빈 가슴 도려내는
슬픔도 주는 거랍니다

사랑은
오래 참는 거라지만
기다림에 지칠 수도 있는 거랍니다

사랑이
깊은 만큼
아픔도
깊은 거랍니다

사랑은
따뜻한 말로 수시로 표현하고
참된 행동으로 언제나 실천하고
진실한 마음으로
가슴 깊이 품어 안는 거랍니다

스마트폰으로 QR코드를
스캔하면 시낭송을 감상
할 수 있습니다.

시인 박상현

2021 명인명시 특선시인선

프로필

대한문학세계 시 부문 등단
(사)창작문학예술인협의회 회원
대한문인협회 서울지회 정회원

<공저>
2020 유화로 보는 명인명시선
2020 명인명시 특선시인선
2021 명인명시 특선시인선
대한문인협회 서울지회 동인문집 "들꽃처럼 제4집"

서리꽃 / 박상현

꽃들이 다 져버렸다고
슬퍼하지 말아요
당신이 잠든 밤
당신만의 꽃으로 홀로 피었다가
안개처럼 피어나는 햇살에 부끄러워
잠시 고개를 돌려요

사랑이 서럽고 아픔에 눈물이 맺혀
마른 가지마다 얇은 홑이불 펼쳐놓고
당신 가슴속 텅 빈 하늘에 별빛 닮은
서리꽃을 피웁니다

꽃향기 당신의 계절과 함께 떠나버린 그날
잎새마저 부서져 내린 그날부터
나는 당신의 서리꽃이었습니다

꽃향기 없다 나무라지 말아요
이미 당신 품속엔 계절마다 내린
빗방울처럼 꽃향기 가득할 것입니다

달빛이 반딧불처럼 반짝이는 밤
능소화 가지마다 꽃송이 꽃송이
당신 닮은 탱자나무 가시 끝마다
나의 서리꽃은 아프게 아프게 피어납니다

당신의 까마중 꽃 같은 해설픈 미소에도
눈물을 흘리고 마는 옅은 다짐입니다

75

눈꽃 / 박상현

뒤 텃밭 작은 그림자
마늘 새싹 고랑에서 어머니가
겨울 풀을 뽑아내고 있다

동백잎은 햇살에 서럽도록
멸치 떼 뛰어오르듯 반짝인다

헤어진 내복에 비누거품처럼
하얀 눈꽃이 빨랫줄에 피어난다
콩새 한 마리가 겨울 햇살을 쪼아 깃털 속에 담고 있다

먼 훗날에 잊었노라 / 박상현

그대의 계절
꽃은 피고
꽃은 지고
먼 훗날에 잊었노라

나의 계절
옹으로 가득한 가지마다
새살이 돋아나
먼 훗날에 잊었노라

풀잎 끝에 대롱대롱 맺힌
이슬 방울꽃 피고 지는
햇살 좋은 날
먼 훗날에 잊었노라

명자꽃 / 박상현

아무도 모르게 잊으리
새벽을 기다리는 이별
잊은 얼굴 그려보다 돋아난 가시 하나
손끝에 맺히는 붉은 입맞춤

담장 길 따라 수줍게 고개 숙인 햇살
가시 끝마다 걸린 약속들
밖에 걸어둔 달빛 사이로 붉은 물이 든다

겨울 벼 그루터기마다 지나간 쟁기질
고봉 쌀밥처럼 애써 웃어봐도
물동이 흔들림처럼 흘러내리는 꽃잎

아무도 모르게 잊으리
조용히 나무 뒤에 숨어드는 그림자처럼
잊어야 할 숨어서 피어나는 꽃

가시마다 붉게 물들이고
아무도 모르게 잊으려 해도
그림자마저 새색시 볼처럼 붉게 물들이는
명자꽃 아래 편지 한 통 매달아 둔다

78

봄 / 박상현

백설기 닮은 함박눈 속을
푸드덕거리며 날아오르는 꿩처럼
봄이 왔으면 좋겠어요

처마 끝에 매달린 고드름 속에 박힌 햇살이
진달래꽃 봉오리 속에 수줍게 녹아들듯
봄이 왔으면 좋겠어요

어린 송아지 탯줄도 마르기 전에
보리밭 뛰어다닐 때
어미소 새끼 부르는 소리처럼
연둣빛으로 분홍빛으로
봄이 왔으면 좋겠어요

명·시·언·어·로·남·다

박영애 시낭송 모음 8집
"시 마음으로 읽다"

시인 박영애

프로필

대한문학세계 시 부문 등단
문예창작지도자 자격증 취득
시낭송지도자 자격증 취득
현) (사)창작문학예술인협의회 부이사장
전) 대한시낭송가협회 회장
현) 대한시낭송가협회 명예회장
현) 대한창작문예대학 지도 교수
현) 시낭송교육 지도 교수
현) 대한문학세계 심사위원
현) 대한문화예술방송 아트티비 '명인명시를 찾아서' MC
현) 조세금융신문 '詩가 있는 아침' 시 소개와 시낭송 연재

상흔을 품다 / 박영애

호흡하기조차 힘든
어둠이 잠식해버린 몸뚱어리

사랑의 굴레에서 벗어나려고 발버둥 칠수록
더욱 선명해지는 기억이
헤어 나올 수 없는 늪으로 빠지게 한다

차라리 망각의 강을 건너
모든 것을 지울 수 있다면
심장이 타들어 가는 아픔을 잠재울 수 있을까?

깊은 상념은
포식자처럼 영혼을 갉아먹고
육신은 점점 메말라 가게 한다

멀리 닭 우는 소리와
고통의 밤이 기지개를 켜고 일어난다.

은밀한 비밀 / 박영애

떨리는 마음
살포시 숨죽여 기다리며
살짝이 엿보았다

눈에 담고 담아도
또 보고 싶어 눈이 간다

눈이 갈수록
손도 조금씩 바빠진다

그 손길이 닿을 때마다
긴장하며 깊게 빨려 들어간다

모든 것이 멈추면
그 짧은 순간
너와 나는 하나가 되었다

아!
살짝 터치했을 뿐인데
어쩜 이리 매력적일까
흠뻑 빠져 버린다

앨범 속에 환하게 웃고 있는
너를 만난다.

파도의 사유 / 박영애

거센 파도처럼 밀려오는 그리움은
견딜 수 없는 아픔이 되어
마음 깊은 곳에 또 하나의 흔적을 남기고
소리 없이 사라진다

잊을만하면 찾아오는 통증
아프다
보고 싶다
안고 싶다
그냥 바라만 보아도 좋으련만
네가 없는 이곳이 이리도 황량할 줄 몰랐다

내 사람이어서 행복했다
그 사람이 다른 사람이 아닌
바로 너라서
그냥 마음 깊은 곳에 담았다

그 뿌리가
그토록 깊이 박힌 줄 이제야 깨닫는
나는 바보였다

순간 미치도록 보고 싶어질 때가 있지
지금처럼
그럴 땐 눈물 한 방울 가슴에 담고
그리움으로 꼭꼭 덮어본다.

피반령 고개 / 박영애

유난히 바람이 차갑게 불던 날
이름도 모른 채 너를 만났다
굽이굽이 휘어지는 미로 같은 너를 따라가면서
알 수 없는 적막감과 두려움이 나를 휘감았다

차츰 시간이 지나 너를 알게 되었다
이름은 피반령 고개
해발 360미터
아름다운 사계절의 멋진 풍경
청주와 보은을 연결해주는 소중한 통로다

그런 네가 언제부터인가
내 삶 속에 깊숙이 자리했다
철마다 형형색색의 아름다움을 선물해 주었고
기쁨과 슬픔을 함께 나누며 지친 삶을 위로해주고
열정적인 꿈과 삶을 향해 달릴 수 있게 해주었다

너를 만나 두렵기도 했지만
지금 나는 너와 함께
삶을 동행하고 있다.

희망 연가 / 박영애

아침을 열며
새들의 지저귀는 노래와 함께
묵었던 공기를 확 날려 버린다

희망을 들이 마시며
가만히 귀 기울여
봄이 오는 소리를 듣는다

봉긋봉긋 올라온 꽃망울과
눈 맞춤했다
곧 목련이 피려나 보다

이제
새롭게 단장한 빈 교실에도
시끌시끌 아이들 웃음꽃이 피어나겠지

기분 좋은 봄바람이 코끝을 스치며
교실 안을 가득 채운다.

명·시·언·어·로·남·다

시인 박희홍

제2시집 "아따 뭔 일로"

프로필

대한문학세계 (2016.09) 등단
(사)창작문학예술인협의회 회원
대한문인협회 광주전남지회 정회원

<저서>
쫓기는 여우가 뒤를 돌아보는 이유 (제1시집 2019.10)
아따 뭔 일로 (제2시집 2020.10)

<공저>
비포장길 (2017.06.)
2018, 2019, 2020 명인명시 특선시인선
세월을 잉태하여 2집 (2019.03)
박영애 시낭송 모음 8집 "시 마음으로 읽다" (2020.06)
2020 유화로 보는 명인명시선

치자꽃 연가 / 박희홍

세월이 멈추었나 했더니
기나긴 밤 앓던 소리
부딪쳐오는 바람결에
자꾸 들려오더니
신열에 하얗게 멍든 영혼

터질 듯이 뜨겁게
타오르던 심장
밤새워 쑥쑥 커
우쭐대며
활짝 피어나 향 내음 풍기며
신기루처럼 설렘으로 유혹하더니

청초한 푸른 잎은 변치 않고
백발은 금세 누렇게 변해
아련히 떨어지고
장인匠人의 부드러운 손길은
맑은 향기를 품어내는
포도주잔에 잎 맞추게 해

한 맺힌 응어리 / 박희홍

아, 그때 5월
우리는 주먹밥을 먹으며
그 어떤 보석보다도 빛나는
대동 세상을 꿈꾸었지

눈물을 반찬 삼아
울먹이며 삼켰던
짭조름한 주먹밥은
민주주의 꽃다발이었지

분열이 있는 곳에
평화가 있기를
간절한 염원이 담긴
자비롭고 자애로운 주먹밥

사십여 세월 흘러도
주먹밥처럼 뭉쳐 풀리지 않는
독재 권력의 가혹한 폭력 덩어리

명사가 아닌 동사가 된 주먹밥
산 자들이 풀어야 할 숙제

미로 같은 시간 / 박희홍

어제는
지나 가버린 희로애락

오늘은 결실을
거두어 드리면서
알 수 없는
내일을 위해 씨를 뿌리고

내일은 그 누구도
가 본 적이 없는
어두 컴컴한 동굴

그 속에
한 발짝 내딛는 순간
다람쥐 쳇바퀴 돌 듯 돌아

오늘은 어제가 되고
새로운 오늘이 되네

해로偕老 / 박희홍

세상이 아무리 변해도
변하지 않겠다고
다짐한 부부 사이 언약

모진 인고의 세월 따라
변하게 되는 건지
우리도 꽤나 변했구려

늘 웃던 얼굴을 찡그려
잔주름 늘어만 가
정말 미안하고 미안해

서로 욕심을 내려놓고
한 치 흔들림 없게
외쪽 생각과 담쌓아요

* 외쪽생각 : 상대편의 속은 모르면서 한쪽에서만 하는 생각.

장미 소고小考 / 박희홍

오뉴월의 어둠을 밝히려
온몸을 불사르면서도
연약함을
앙칼진 가시로 감춘 너

반갑고 곱다고
함부로 가까이하려다
상처 입고
망신당하기 부지기수

도도한 물결 속에
각양각색으로 치장해도
가장 멋져 분 것은
역시나 얼굴에 번진 붉음

그 어떤 사랑의 불꽃도
오뉴월을 시뻘게 달군
너의 생기발랄한
연지처럼 붉지는 않으리

시인 백승운

2021 명인명시 특선시인선

프로필

현) 알에스오토메이션(주) 전략영업팀 이사 재직
대한문학세계 시 부문 등단 (2019년)
(사)창작문학예술인협의회 회원
대한문인협회 서울지회 사무국장

대한문인협회 이달의 시인 선정 (2021년 3월)
대한문인협회 2021년 신춘문학상 공모전 금상
대한문인협회 2020년, 2021년 명인명시 특선시인선 선정
대한문인협회 2019년 11월 3주 금주의 詩 선정 (가을비)
대한문인협회 2019년 7월 1주 좋은 詩 선전 (폭염의 습격)
대한문인협회 2019년 3월 4주 좋은 詩 선정 (너도 바람꽃)
2019년 위대한 한국인 대상
대한문인협회 2019년 올해의 시인상
2019년 지하철 승강장 안전문 게시용 시 공모전 당선

<공저>
대한문인협회 서울지회 동인문집 "들꽃처럼 제4집"
2020 유화로 보는 명인명시선
박영애 시낭송 모음 8집 "시 마음으로 읽다"
2020, 2021 명인명시 특선시인선

가을 사랑 / 백승운

하늘에서 시작된 가을이
이슬 머금고 땅으로 내려오면
내 마음을 훔쳐 달아나는 도둑이 되고

한발 한발 내딛는 발자국
색색들이 아름다움에 영혼까지 따라나선
난 행복한 나그네가 된다.

찐한 커피 속의 각설탕처럼
가을 달달하니 녹여내서 한 모금 넘기면
입속에서 쫑알쫑알
탄성이 하늘로 무지개를 타고

멈춰버린 시간 속에서
영원한 사랑과 행복 속으로
즐거움을 찾아가는 나는
가을 바라기가 된다.

스마트폰으로 QR코드를
스캔하면 시낭송을 감상
할 수 있습니다.

목련꽃 필 때면 / 백승운

첫사랑 가시네
봉긋하게 솟아나는 가슴
어쩔 줄 모르고 당황한 모습
얇아진 옷 너머로
무슨 일일까

봄 햇살 살가운 웃음 쏟아지고
들여다보이는 부끄럼
째려보던 가시네
붉어진 얼굴 하얗게 피었다

눈부신 백색 순수의 시절
남녀의 구별 없이 같이 놀고
좋다고 함께한 어린 시절이
한 아름 안겨 오는데

어디서 어떻게들 살고 있는지
목련꽃 꽃잎이 다정하게
행복을 노래하는데
만날 수 없는 그 시절
추억만 떨어져 내린다.

어린 날의 회상 아침 속으로 / 백승운

깨어있는 아침 위로 알람시계 울어대고
눈 비비고 일어나는 이불 위로
멍멍이가 달려와서 반갑다고 폴짝폴짝

하품하고 일어나는 육체 위로
그림자는 장판 위에서 꼼지락꼼지락
마당에는 화초들이 이슬에 세수하고 방긋방긋
어머님이 사랑 담아 행복 가득

풀풀 밥솥에서 구수하니 밥알들이 익어가고
뛰쳐나온 열기 속에 행복함이 집안 가득 넘쳐나니
어둑어둑 새벽녘에 밭에 갔다 돌아오신
아버지의 지게에는 싱싱한 참외가 노랗게 웃고

자식 얼굴 보자 환하게 웃으시는 아버지의 얼굴에서
세월의 주름이 따라 웃고
큰 감나무에 날아온 까지 반갑다고 재잘재잘
달콤하게 익은 홍시 깜짝 놀라 떨어지며
얼굴 붉게 호통하니
아침 깨운 수탉 쏜살같이 달려들어 식사하고
토실토실 토순이도 배고프다 밥 달라네

매일 아침 분주하나
지붕 위의 박들은 보름달같이 속속들이 차오르고
가을 아침 행복함이 집안 가득 일어나서
하늘 위로 나풀나풀 날아간다.

95

중년 / 백승운

해님이 하루의 일과를 마치고
석양빛 아름답게 날리며
안녕이라고 한다

문득 담겨오는 석양빛이
눈으로 들어와 이슬이 되고
바람의 뒤편 외로움이 밀려온다

돌아서 보면 내가 있는 여기
아무것도 변하지 않은 그때의
청춘인 것 같은데

말을 듣지 않는 육체 관절 마디마다
세월을 혼자 먹었는지
소달구지 같이 삐걱 이고

눈 부신 햇살 검은 피부
건강하게 아름답게만 보였는데
꽁지 내리고 슬그머니 피하니

참 인생이
아니 세월이 야속하다고 하는데
그래도 다시 살며시 고개 들고
일어나는 열정에

삶은
아름다운 무지개 피워내
행복해질 것이며
무릇 익어갈 것이다.

3월 일어서다 / 백승운

이월 겨울의 심술보에
마디마디 차오르는 염증
지친 육체 속에서 근심만
퉁명스럽게 삐걱대다 쓰러졌다

바람 속에 숨어서
조금씩 조금씩 더해보고
햇빛 소리에 살금살금
입김 불어서 달래어봐도

계절이 녹지 않은 땅속
낙엽 속에서 일어서지 못한
꿈과 희망이 피어나지 못한 채
아직도 잠속에서 이불을 당기는데

3월 이젠 일어서자
아직 묻혀있는 금광처럼
언젠가 찾아올 보이지 않는 광명
피어나고자 하는 갈망을 안고

바람 속에 더해진 해갈의 생명수
탄생의 마법 뿌려지는 햇빛의 신비
얼음 같은 세상 속에서
포동포동 자신감이 차오르고
3월 일제히 껍질을 깬다.

97

시인 성경자

시집 "삶을 그리다"

프로필

대한문학세계 시 부문 등단
(사)창작문학예술인협의회 회원
대한문인협회 서울지회 정회원
대한창작문예대학 8기 졸업

<수상>

2015 순우리말 글짓기 장려상
2015 대한문인협회 한국문학 발전상
2016~21 명인명시 특선시인선 선정
2014~16 대한문인협회 올해의 시인상
2017 1월 이달의 시인 선정
2017 12월 한국문학 베스트셀러 작가 우수상
2018 5월 대한창작문예대학 졸업 작품 경연대회 금상
2018 9월 순우리말 글짓기 동상
2018 12월 한국문학예술인 금상
2019 4월 향토문학상 경연대회(서울지회) 은상
2019 6월 짧은 시 짓기 전국 공모전 대상
2019 9월 순우리말 글짓기 전국 공모전 은상
2019 12월 한국문학 예술인 금상
2021 신춘문학상 공모전 금상

<개인저서>

"삶을 그리다."

<공저>

대한문인협회 서울지회 동인지 "들꽃처럼 제3집"
대한문인협회 "특선시인선" 등 다수

겨울 나그네 / 성경자

겨울바람이 뜯어낸 나뭇가지에
소리 없이 눈이 내린다
숨소리가 들릴 듯 조용한 새벽에

너부러진 나의 마음에 기웃거리다
그리움을 안고 뜨겁게 포옹하고
눈물이 되어 산산이 부서져 침묵하다

익숙한 아침이 오면
오가는 이에게 너는 허상일 뿐이라도
진한 커피 향 같은 익숙한 설렘이었어.

가을이 나에게 온다 / 성경자

스치듯 다가오는 평화로운 가을
찬바람의 손짓은 가슴을 설레게 하고
시간마저 천천히 흘러간다

속도가 더디면 어떤가 곳곳이 호사인 것을
조각나 흩어진 구름 위로 분주하던 마음 매달면
눈길 닿는 곳마다 햇볕이 바삭거린다

잠시 쉴 수 있으나 멈출 수 없는
어깨 위로 단풍 비 흐드러지게 내리면
계절은 살며시 나에게 온다

햇살이 깊어지고 바람도 쉬어가는 오후
분주했던 하루에 달빛이 내려앉으면
눈 안에 가득하던 일상도 고즈넉하다.

잡초의 아픔 / 성경자

형형색색의 꽃 사이로
빛을 잃고 일어서는 잡초는
시리도록 아린 아픔에 함묵하고

자유에 몸부림치다
바람의 속삭임에 쭉정이가 되어
달빛 그림자를 입으로 뜯어낸다

비웠다가 채워지는 봄이면
하늘을 향해 비상하다 흔들리고
봄비에 풀빛은 허욕으로 물든다.

어떤 날의 기억 / 성경자

스산함이 감돌던 마음속에
멀게만 느껴지던 임의 향기가
나풀대는 커튼 사이로 내려오면
온 세상은 유성처럼 아름다웠지

사부작사부작 내리던 비는
임의 달콤한 속삭임처럼 들렸고
얼굴 위로 떨어지는 빗물은
임의 손길처럼 부드러웠지

아름다운 이팝 꽃잎들이
눈이 되어 내리던 날
나란히 거니는 발걸음은
구름 위를 걷는 기분이었지

소중했던 어떤 날의 기억에 대한
상념은 살며시 내려놓고
또 다른 기다림을 위하여
마음속 여백을 비워놓아야겠다.

계절은 오고 가는데 그리움은 더하고 / 성경자

들여다보면 사연 없는 삶이 어디 있을까
가슴 깊은 곳에 꼬깃꼬깃 접어 두었던
잊힌 삶의 추억 꺼내면 만감이 교차하고
멈춰버린 시간 위로 무겁게 비가 쏟아진다

허허로움에 계절이 허공을 헤매면
세월 따라 손가락 마디는 거칠어지고
손때 묻은 의자도 그리움 따라 등이 굽었다

마음 둘 곳 없어 뒹구는 꽃잎 따라
뚜벅뚜벅 걸으면 아카시아 향기 흩날리고
하늘은 온통 그리움이 별이 되어 반짝인다

어제보다 예쁜 햇살의 미소에
속절없이 흘러가는 시간의 상념을 뒤로하면
사랑인지 그리움인지 잊고 있던 꿈들이
아지랑이처럼 스멀스멀 피어오른다.

시인 염경희

경기지회 동인문집 "달빛 드는 창"

프로필

경기 이천 거주
대한문학세계 시 부문 등단
(사)창작문학예술인협의회 회원
대한문인협회 경기지회 정회원
2012-2013 한국교육개발원 전국경연대회 수필부문 장려상
2020년 10월 2주 금주의 시 선정
2020년 10월 19일 조세금융신문 [詩가 있는 아침] 시 선정
2021년 6월 1주 좋은 시 선정
대한문인협회 경기지회 동인문집 제2집 "달빛 드는 창" 공저

소녀의 꿈 / 염경희

보따리를 풀어야겠어
단맛 쓴맛 참맛을 보며 살아온 이야기보따리

소녀에겐 꿈이 있었지
아카시아 꽃길을 걸으며 풀피리를 불고

은빛 백사장에서 연분홍 사랑을 그리며
갈매기와 왈츠를 추었지

떨어지는 낙엽 하나 둘 책갈피에 고이 간직하며
하얀 초가지붕 위에 피어나는 아지랑이 꽃
사랑을 그렸었지

소녀는 이제 이야기보따리를 풀어 놓는다
홍엽이 춤추는 가을날
참 노래를 불러본다

소녀 반평생의 희로애락
꽁꽁 동여 놓았던 보따리
하나 둘 풀어 훨훨 띄워 보내고

하얀 서리가 내릴 즈음에
소녀는 안개꽃 사랑을 꿈꾸며
하얀 안개꽃 한 아름 안고서
환희의 노래 불러보련다.

105

인생길 / 염경희

굽이굽이 돌아온 길
눈물 강을 건너면
또 눈물 강

세월에 속고 속아서
재를 넘어서니
할미꽃이 쉬어가라 하네

한 발짝 띠면
세월은 두 발자국 띠고
뒤돌아보면
아물거리는 초야일 뿐

달음박질하는 세월
잡을 수가 없으니
허허로운 속내는
할미꽃 홀씨로 날려 보내고
한 고개 또 넘어 볼까나

세월이 나를 끌고 가던
내가 세월을 쫓아가던
이왕에 내친걸음
어차피 동행인데
세월 타령하면서 넘어보자.

스마트폰으로 QR코드를
스캔하면 시낭송을 감상
할 수 있습니다.

꽃잠 / 염경희

지아비 지어미로
인연 맺어 꽃잠 자고
댕기 머리 풀어
백년가약을 했지

올망졸망 피어난 꽃망울
시들어질세라 노심초사하고
고쟁이 질끈 동여맨 세월에
해지는 줄 몰랐다

서산중턱에 한시름 걸어놓고
이렁저렁 세월을 읊으려니
하얀 햇살에 반득이는 것은
이마에 파인 밭고랑이요
서리꽃 닮은 서리 밭이더라.

* 꽃잠 : 신혼초야의 순우리말

스마트폰으로 QR코드를
스캔하면 시낭송을 감상
할 수 있습니다.

107

어머니의 떡국 / 염경희

그믐달이 빼초름이
지는 해 아쉬워 붙잡듯
창가에 슬그머니 내려앉는다

객지에서 발이 묶인 자식
애달픔에 어머니는
홍두깨 방망이만 굴리며
눈시울을 적시는 밤

정성으로 버무려
사랑으로 빚은 만두
달빛에 길을 물어 물어서
자식 집으로 보내시고
눈썹이 하얗도록 아침을 기다린다

새해 첫날!
창가에 내려앉은 햇살
한솥 담아 떡국 끓이시고
아침 까치 울음소리에
고운 상차림 해 놓으신 어머니

굽은 허리 애써 펴고
주름진 이마에 두 손 모아
저 멀리 동구 밖 길목만
하염없이 바라보고 계시네.

108

비밀 / 염경희

소녀에겐 비밀이 있어요

파란 새싹이 피어날 적에
노란 산수유 꽃망울의
예쁜 입술을 훔쳤거든요

그때부터 소녀는
깊은 사랑에 빠졌답니다

햇살 웃어주는 한낮이면
연둣빛 사랑을 속삭이고
바람 소리 자장가 삼아
은하수 건너 달나라도 갔었지요

첫눈이 내리는 날
난롯가에 앉아 눈 꽃송이 바라보며
빨갛게 익어간 산수유 열매 동동 띄어
못다 한 밀어를 속삭일 거에요

아무도 모른답니다
소녀가 짝사랑에 빠진 것을
소녀의 비밀은
바람만이 알고 있답니다.

명·시·언·어·로·남·다

시인 유영서

시집 "탐하다 詩를"

프로필

인천 거주
대한문학세계 시 부문 등단
(사)창작문학예술인협의회 회원
대한문인협회 인천지회 정회원
인천시 남동문학회 정회원

2018년 9월 1주 금주의 시 선정
2019년 2월 1주 좋은 시 선정
2019년 5월 3주 좋은 시 선정
2019년 12월 4주 금주의 시 선정
낭송시 선정
2019년 대한문인협회 인천지회 향토문학상 경연대회 은상
2019년 한국문학 향토문학상 수상

<저서>
시집 "탐하다 詩를"

<공저>
2020 유화로 보는 명인명시선
박영애 시낭송 모음 8집 "시 마음으로 읽다"
대한문인협회 인천지회 동인문집 "글 꽃 바람"

지우는 마음도 푸른 물든다 / 유영서

자고 나면
푸르러지는 것들 본다

깔끔하게
단장한 나무들
푸른 정장이
때깔 나게 멋스럽다

가는 사월 뜨락에
영산홍
붉은 심장
뜨겁게 유혹한다

나도 한때는 그랬으리라
스무 살 청춘 그립다

살아온 세월 어루만지며
지우는 마음에
푸른 물 다시 들까

너희도 세월 가면
푸른 잎 붉게 물든다는데

남은 세월
푸르게 물들다가
붉게 물들어
조용히 떠나고 싶다

마음 가는 곳 / 유영서

마음 움직이는 데로
발걸음 옮겼더니
들녘에 앉았네

바람 소리 새소리
흐르는 물소리
깔깔거리며 웃고 있는
아기 꽃들과 놀다가

눈길 가는 곳
저 푸른 들녘에
마음 한 자락 펼쳐 놓았네

이곳에 앉아 있으면
어머니 냄새 같은
향기로운 흙냄새가 나네

아, 내 마음 이리도
평안한 것을
오늘은 내가 모든 일 접어둔 채
어머니 품속 같은
이곳에 잠들고 싶다

스마트폰으로 QR코드를
스캔하면 시낭송을 감상
할 수 있습니다.

112

꽃편지 / 유영서

봄바람 분다

돌아오는 것들 본다

겨우내 빈 가지로
서 있던 나무들
임 오실 날 기다리며
몸단장하고 있다

소곤소곤
이야기 소리 정겹다

우리는
봄을 기다리는 수신인

방금 도착한 엽서에
봄이라 쓴
연분홍 꽃 한 송이 배달됐다

겨울의 끝 / 유영서

피어오르는 물 안갯속에서
겨울이 뒤척이고 있다

움트는 가지마다
훈훈한 바람 안긴다

추위 견디며 발등 덮었던
가랑잎 사이로 꿈틀거리는 생명

자작자작 쪼는 햇살이
물살 위에 내린다

봄을 기다리는 사람들 어깨 위로
초록빛 출렁이고 있다

봄 여행 / 유영서

봄기운이 완연하다
배낭 하나 걸머지고 길을 나선다

목적지는 없다
그냥 젖어지고 싶어 걷는다

풍경 하나 펼쳐지고
들길 가장자리에 핀 아기 꽃
물끄러미 나를 쳐다본다

하늘 끝
구름 속에 걸려 있는 낮달이
졸고 있다

에움길 돌아 바람 분다
그 바람 속에 내가 서 있다

지나간 청춘
무거운 등짐 내려놓고
웃다가 울다가
풍경 속에 머물고 싶다

시인 윤인성

박영애 시낭송 모음 8집
"시 마음으로 읽다"

프로필

대한문학세계 시 부문 등단
(사)창작문학예술인협의회 회원
대한문인협회 대구경북지회 정회원

<공저>
박영애 시낭송 모음 8집 "시 마음으로 읽다"

우리 엄마 / 윤인성

십팔 세 꽃다운 소녀가
두메산골 외진 마을에
대식구 종갓집 맏며느리로 시집오셨던
우리 엄마

아기같이 작고 귀여운 손
마디마다 굳은살 뿌리내리고
오돌토돌한 맷돌처럼 단단하게 거칠어지셨던
우리 엄마

못 된 추위가 사납게 몰려오던
섣달 스무닷샛날
사십사 세 건장한 젊은 시절에
마른 나뭇가지처럼 꺾이고만
우리 아버지

한 살 터울 아우들
젖 줘~ 엄마
밥 줘~ 엄마
새벽녘 울고 보챌 때
베갯잇 흠뻑 젖도록
밤새 눈물로 꼬박 지새우며
한 많은 삶 살다 가신
우리 엄마

미안합니다
고맙습니다
행복했었습니다
영원히 사랑합니다
그리운 우리 엄마.

어버이날 / 윤인성

눈에 밟힌 고향 집 뜰 앞에
짙은 보랏빛 제비꽃이
담벼락 한가운데 옹기종기 모여 앉아
소녀처럼 수줍게 피고 있습니다

샛노랗게 터트린 개나리 향기가
지천에 한들한들 흩날릴 때
참새 떼는 여기저기 쏘다니며
봄꽃 소식을 전하고 있습니다

양지바른 아버지 산소에
인정 많던 새빨간 할미꽃이 놀러 와
"영감 잘 계셨소?" 인사하는데
꽃술에서 슬픈 이슬이 방울방울 맺혀있습니다

고향 내려온 흰나비 한 쌍이
나풀나풀 손잡고 다가서서
카네이션 바구니를 묘지에 놓아 드리며
어버이날 두 분께
큰절로 인사 올립니다.

소쩍새 / 윤인성

어디서 우나 어디서 우는 걸까
소쩍새 울음소리가 메아리 되어 흩어지는 강 언덕에
밤새 차가운 공기가 내려앉는데
이내 그리움은 식을 줄 모른다

날이 가면 잊힐까
달이 가면 잊힐까
한 서린 구름 고개를 넘다 보면
모성이 천둥소리에 잊힐까
그리움은 소나비 되어 쏟아진다

어디서 우나 어디서 우는 걸까
소쩍새 울음소리가 메아리 되어 울려지는 산기슭에
밤은 깊게 깔리도록 펼쳐지는데
이내 그리움은 묻힐 줄 모른다

자다 보면 잊힐까
세월 가면 잊힐까
칠흑 같은 밤 넘고 새우다 보면
모정이 선 새벽녘에 잊힐까
그리움은 핏빛 되어 동이 튼다.

개나리 / 윤인성

그토록 간절한 마음으로
불러도 오질 않더니
이내 못 이긴 척 옅은 안개를 앞세워
내게로 수줍게 다가오던
그 여인

자갈밭 위에 아지랑이 아른아른 춤추는 날
돌 사이 기대고 서서 가냘픈 몸 흔들며
날 보고 샛노랗게 손짓하던
그 여인

다소곳이 피어난 노란 얼굴
잔잔히 흐른 개울물 위에
선명하게 비추어주며
내게 생긋이 윙크하던
그 여인

물새가 후려치듯 날갯짓할 때
개나리꽃 향기 사방 펼쳐놓고
두 팔 벌려 웃음꽃 띄우며
침울한 봄을 보듬어주던
그 여인.

메아리 / 윤인성

뒤통수에 새집을 지은 듯
헝클어진 머리칼이 삐죽하며
얼굴은 때가 꼬질꼬질 묻은 채
해진 겉옷을 나비처럼 팔랑 입고
문지방을 나선다

썰매에 창을 꽂아서 어깨 얹고
얼음이 언 다랑논 자락에
천진난만한 앳된 동심들이
떼거리로 우르르 몰려간 채
누가 잘 타나
누가 더 빠르나
내기를 하자며 운을 떼 본다

썰매 위에 토끼처럼 쪼그려 앉아
창을 얼음에 꾹꾹 찍어서
앞으로 당기며 달릴 때
코흘리개 꼬맹이들의 우렁찬 함성이
뒷동산 능선이 간지럽도록
메아리 되어 울려 퍼진다

맨손으로 썰매를 타는 동무가
손이 시려 호호 불고
발이 시려 동동 뛰며
추위를 벗 삼아 신나게 노닐 때
겨울 해가 추억을 짊어지고
방긋이 웃으며 서산을 넘어간다.

시인 이도연

2019 명인명시 특선시인선

프로필

(사)창작문학예술인협의회 회원
대한문학세계 시, 소설 부문 등단
대한문인협회 인천지회 기획국장
인천광역시 객원기자
인천재능대 특임교수, 일학습병행 사외위원 역임

<저서>
『시,선 따라 떠나는 사계』 (에세이)
1권 『시와 깨달음』
2권 『겨울로 가는 숲』

<공저>
『글 꽃 바람』 (대한문인협회 인천지회 동인지)
『문학 어울림』 1, 2
『2019 명인명시 특선시인선』

춤추는 빨래 / 이도연

옥상 빨랫줄에서
허수가 웃는다
허수, 아비는 지난가을 돌아가셨다
그래도 허수는 풀럭풀럭 웃는다

바람이 불면
툴툴거리며 푸념을 하다가
온몸에 수분을 증발시키는
춤추는 바람 뒤를 따라서

먼 길 여행을 떠나고 싶어도
두 팔을 꽉 물고 있는 악어 이빨
하릴없이 부는 바람 따라
몸을 맡기다 지치면

저녁노을이 까맣게 지고
아낙의 손끝에
바싹 마른 몸으로 포획되어
탈출구 없는 어둠 속으로 몸을 접는다.

꽃처럼 살라 하셨나 / 이도연

반가의 자제로 태어나
글공부는 뒷전으로
사당패 놀이패 장단 소리에
발끝에 먼지 나도록 뛰어가시고

서당 훈장님 눈치 보며
육자배기 장타령에
장구 치고 북 치며
흥타령이 더 좋았던 아버지

아들 이름 석 자에
꽃 세 송이 꼽아 주시며
인생살이 꽃길만 걸으라고
지어 주셨나

오얏이라 이화(李花)이니 자두꽃이요
천도복숭아 도화(桃花)에 취해
고귀하고 순결한 연화(蓮花)라
향기로운 이름 석 자 꽃송이 흐드러지구나!

바람도 저 홀로 걷는다 / 이도연

능선에서 저 홀로 부는 바람이
저 혼자 다가오다
빈 숲을 지나는 나를 만나면

내 안에 또 다른 나를 고립시키며
무언의 발걸음 사이를 지나는
고독이 뚝뚝 떨어진다

봄 햇살 퍼지면
묵은 갈잎 밀어 올리며
움트는 싹이 생동하는 봄날에도

깨어나지 못하는 빙하기를 걸으며
심장을 얼음 속에 가두고
움츠려 떨고 있는 자신을 만난다

녹슬어 가는 나이 앞에
무력감이 바람 끝에서 밀려오면
타인의 시선 앞에 존재는 의미가 없다

아무도 찾는 이 없어도
내 안에 나를 고립시키지 말고
긍정하고 인정하며 홀로 걷는 길일지라도

주변 것 들로부터 초연하고
욕망의 허물 벗어 나만의 자유를 위해
시간을 사유하는 묵언을 하자!

125

타인의 밤 / 이도연

어둠이 자정을 넘어
깊은 사색의 골짜기를 걸어가는
타인처럼
밤이 깊어 간다

잠을 청해 보지만
잠 속의 나는 또 다른 나를 깨워
검은 장막 속에서 무수히 많은 별 무리가
사념의 우주를 키운다

꼬리 뒤에 꼬리를 무는 이야기들
깊어지는 시름인가 싶으면 잠결이고
잠결 같은 꿈결의 욕망으로
어둠의 탑을 쌓는다

무너지는 돌탑의 무게는 천근만근
가위에 눌려 신음을 해도
푸르고 명징한 정신은
깊은 수렁에서 깨나지 못한다

잠속에 잠은 나를 깨우지 않고
잠속에 잠은 나를 재우지 않아
까만 베일을 하얗게 쓴
새벽닭이 울 때까지 긴 밤을 지새운다.

눈물이 나면 그냥 울자! / 이도연

낙엽 날리는 날에도 꽃잎이 지는 날에도
괜찮다고 말했다

바람이 부는 날에도 비가 내리는 날에도
아무렇지도 않다고 말했다

넘어져 무릎 꿇고 눈물 흘리는 날에도
아프지 않다고 말했다

이력서에 별로 쓸 말이 없어도
면접을 보는 날에는 잘 할 수 있다고 말했다

세상이 온통
좌절과 고통으로 얼룩진 힘든 삶 앞에서

눈물로 세상과 소통하던
어린 시절을 그리워하며
나이 먹어 웃음으로 세상을 보려 했지만

이제는 내 안의 나를 감추지 말고
내 안에 나를 스스로 위로하며
솔직한 내 상처의 치유를 위해

조금 바보스러워도 눈물이 흐르면
흐르는 대로 괜찮다 하지 말고
그냥 눈물을 흘리자!

스마트폰으로 QR코드를
스캔하면 시낭송을 감상
할 수 있습니다.

127

2021 명인명시 특선시인선

시인 이만우

프로필

경기 수원 거주
2018년 대한문학세계 시 부문 등단
(사)창작문학예술인협의회 회원
대한문인협회 경기지회 기획국장
2019년 한국문학 올해의 시인상 수상
2020년 특별초대 명인명시 출품
2021년 명인명시 특선시인선 출품

<공저>
대한문인협회 경기지회 동인문집 제2집 "달빛 드는 창"
언어의 향기 – 시를 꿈꾸다 3
2021 명인명시 특선시인선
2020 유화로 보는 명인명시선
시를 꿈꾸다 1, 2

물방울 / 이만우

비 오는 날은 나뭇가지에
빗물이 소리 없이 흘러
동그랗게 맺혀진다.

좀 더 커지면 뚝뚝 소리 내며
바닥을 두드리면서
땅에 일어나라 재촉한다.

맑고 깨끗한 작은 물방울이
큰 울림을 주며 넓게 퍼지고
작은 파고를 일으키며 사라진다.

물방울이 맺혀있는 동안은
새로운 세상 속으로 가서
그 세상을 만나고 싶다.

스마트폰으로 QR코드를
스캔하면 시낭송을 감상
할 수 있습니다.

꿩의 밥 / 이만우

이른 봄날 뫼 등에
수수처럼 다닥다닥 붙어서
누군가를 기다리고 있다.

살며시 다가서는데
푸드덕거리며 꿩이
놀라서 날아간다

꿩이 맛있게 식사하는데
내가 방해를 했다고 하는 생각이 들어
미안한 마음을 갖게 된다.

이제는 방해하지 않을 테니
자주 와서 맛있는 것 많이 먹고
살을 찌워 건강하게 살아가야지..

수선화 / 이만우

노란 옷 곱게 입고
우아한 얼굴로 환하게
나를 맞이하여 준다

그대의 고운 모습에
나는 발길을 멈추고
가까이 가서 말을 걸었지

방긋 웃으면서
반겨줘서 고맙다고
이야기하였다

마음 따듯한 모습에
나도 살며시 웃으면서
그대와 친구가 되었다.

박태기 나무 / 이만우

한알 한알 예쁜 꽃망울이 모여서
재잘거리며 재미있게
이야기를 하고 있다

무슨 이야기를 할까
궁금해져서 귀 기울여
유심히 들어 보았다

서로가 의지하며 뭉쳐 있어야
더욱 빛나는 꽃이 된다며
떨어지지 말고 꼭 붙어 있자고 한다.

낮달 / 이만우

무슨 사연이 있기에
파란 하늘에 달님이
얼굴을 내밀고 있다.

소나무와 벚꽃이 달을
맞이하며 사연을 들어주고
함께 보듬어 주고 있다.

외로움을 달래려는지
바람도 함께 사연을
살랑살랑 실어다 주었다.

따듯한 친구들이 달을
위로하며 함께 지내는 모습이
더욱 아름답게 보인다.

시인 이상노

2021 명인명시 특선시인선

프로필

충남 당진 거주
대한문학세계 시 부문 등단
(사)창작문학예술인협의회 회원
대한문인협회 정회원

2020. 6월 / 2021. 6월 조세금융 신문 詩가 있는 아침 '시' 선정

<공저>
2021 명인명시 특선시인선

꽃 중의 꽃 / 이상노

꽃 중의 꽃은
너무 경이로운 꽃이기에
언제나 엄마의 가슴속 사랑 온기로
이슬처럼 영롱하고
태양처럼 찬란해야 합니다.

꽃 중의 꽃은
너무 사랑스런 꽃이기에
엄마의 젖을 물고
가슴에 얼굴을 묻고 비비며
눈을 마주치는 것, 이것이
영원한 사랑의 통로라고 말하는 것입니다.

꽃 중의 꽃은
너무 소중하기에
흔들어서도 꺾어서도 아니 되고
사랑의 온기가 흐르는
엄마 품속에서
언제나 꿈을 먹고 있어야 합니다.

꽃 중의 꽃은
세상에서 가장 아름다운 꽃입니다.
사랑의 자양을 먹고 꿈을 꾸는
성스러운 꽃입니다.

혼탁한 세상을 맑게 지워주는
한 송이 예쁜 '인꽃' 입니다.

스마트폰으로 QR코드를
스캔하면 시낭송을 감상
할 수 있습니다.

135

희망의 봄 / 이상노

님이시여!
지금 인류는
짙게 드리운 큰 돌림병의
그늘에 가려 신음하고
물러서지 않으려는 돌림병은
변이에 변이를 더 해 가고 있습니다.

사람들은 두려움에 가슴을 태우며
절망과 공포에 발버둥 치고
삶의 에너지마저 고갈되어 가고 있습니다.

님이시여!
도대체 얼마나 얼마나 더
긴긴 시간이 지나야
미소가 사라진 저 아픈 가슴이
다시 웃을 수 있는 일상을
되찾을 수 있을까요?

님이 가고 없는 세상은
작은 마스크 하나로 하루하루를 버티는
온통 절망뿐인 눈 덮인 하얀 세상입니다

잔설을 뚫고 피는
노란 복수초꽃처럼
님의 연둣빛 고운 미소로
님의 따스한 한 줌 햇살로 오세요.

스마트폰으로 QR코드를
스캔하면 시낭송을 감상
할 수 있습니다.

환희에 빛나는 희망의 봄으로…

136

봄비에 너를 보낸다 / 이상노

미동이 없다!
아무 미동도 없이 곱게도 잠을 자는구나
언제나 그렇게 예쁘게도 잠을 잤지.

밥을 먹을 때나 잠을 잘 때나
또 재롱을 피울 때도
무거운 목줄에 매여있던 꼬맹이!

온기 잃은 싸늘한 너에게서
그 무거웠을 목줄을 인제야 풀어준다
좀 더 잘해주지 못한 미안한 마음에
가슴이 먹먹해진다.

네가 있어 행복했다는
잘 가라는 인사도 나누지 못했는데
이렇게 너를 보내기엔
너무도 많은 아쉬움이 남는다.

우주의 별이 된 꼬맹이!
너에게 하얀 옷 한 벌 입혀준다.
목줄이 없어도 괜찮을 그곳에서는
훨훨 자유롭게 마음껏 뛰고 날아라.

봄비에 새 생명은 파릇파릇 태어나는 데
봄비 속에 너를 보내는 내 마음 촉촉이 젖는다.

137

나는 잡초입니다 / 이상노

나는 척박한 땅에서도 터를 잡고
싱그런 미소 지으며
꿋꿋하게 살아갑니다.
그런 나를 보고 사람들은
잡초라고 부릅니다.

나는 누가
물 한 방울 주지 않아도
목마름을 불평하지 않습니다.

눈길 한번 주는 이 없어도
그저 태어난 곳에서
의연하고 굳세게 버티는
끈질긴 생명력을 지닌 잡초입니다.

삶이 창으로 찔리는 듯
아프고 고통스러워도
잠시 걸음을 멈추고
나를 한 번 들여다보세요.

휘몰아치는 겨울 찬 바람과
집어삼킬 듯한 폭풍에도 굴하지 않는
나의 생명력을 느껴 보세요.

나를 보고
이름 모를 잡초라고 불러도 괜찮습니다.
나는 온실 속 화초를 부러워하지 않으니까요.

스마트폰으로 QR코드를
스캔하면 시낭송을 감상
할 수 있습니다.

한 잔 술 / 이상노

한 잔 술에
저물어 가는
세월 붙잡고
아득히 먼 석양을 바라보며
인생 담아 마신다.

두 잔 술에
달의 고독과
별의 고독을 담아
그리고
나의 고독까지 채워 마신다.

석 잔 술에
빛바랜 그리움과
스치듯 지나간 바람까지
그리움이란 그리움 모두
끌어다 부어 마신다.

나머지
한 잔 술엔
언약만 남겨 놓고
강 건너간 사랑과
가슴에 박혀있는
사랑의 화살을 그리며
술잔에 사랑 담아 노래하리라.

시인 이정원

시집 "삶의 항로"

프로필

경기도 고양시 거주
대한문학세계 시 부문 등단
(사)창작문학예술인협의회 회원
대한문인협회 경기지회 정회원
대한물리치료사협회 (KPTA) 정회원

<수상>
2019 신인문학상 수상
2020 대한문인협회 금주의 시 선정
2020 대한문인협회 좋은 시 선정
2020 유화로 보는 명인명시선 선정
2021 명인명시 특선시인선 선정

<저서>
시집 "삶의 항로"

<공저>
대한문인협회 경기지회 동인문집 제2집 "달빛 드는 창"
2021 명인명시 특선시인선
2020 유화로 보는 명인명시선

시의 맛 / 이정원

겉보기엔 휘황찬란하고
플래시가 터지듯 번쩍번쩍한 언어
3분 안의 즉석요리 아니라 한들
시 한 편이 빛날 수 있으련만

오랜 시간 푹 고인 곰탕 같은
뭉클하게 가슴 저리는
시의 진미를 느끼고 싶다

시간이 흐를수록
곰삭은 새우젓처럼
더욱 깊어지는 시 한 편

말랑말랑한 젤리 찰떡처럼
쫀득쫀득 감칠맛 날까
솜사탕 초콜릿처럼
달콤하게 사르르 녹을까

어린아이 같은 순수한 마음
머릿속에 시의 맛이
눈에 선하게 그려진다

늦겨울 들판에 뿌려둔 두엄이
봄철 어린 모종에 생기를 불어주듯
싱싱한 시 한 편 써 보고 싶다

여름이 좋다 / 이정원

땡볕이 내리쬐는 여름날이 돌아왔다

이마에 송골송골 구슬땀이 맺히고
선풍기 바람이 그리워지는 날
시원한 물냉면도 생각나는
입맛을 돋우는 계절 여름날이다

야들야들한 면을 찬물에 헹구고
냉면 그릇에 한 아름 담아
싱싱한 생채소를 곁들어 후루룩 먹으면
감칠맛이 맴돌 지경인데

시원한 열무김치와
아삭하게 씹히는 백김치
담백하고 개운한 살얼음 냉면 육수가
더위를 즐긴다

여름이 참 좋다
한적하고 나지막한 언덕에 올라
무더위 식히며 안식을 누린다.

가을 단상 / 이정원

은은한 원두커피 향
한잔의 여유가 입가에 머무는
달곰한 커피를 마신다

말도 마음도 살찌는 가을
물감을 뿌린듯한 파란 하늘에
쌉싸름한 하루가 담겼다

소리 없이 찾아온 계절
불거질 향기를 여과지에 내리듯
사랑했던 기억을 흘려보니

들녘에 코스모스가 한들거리고
단풍이 붉게 물들어 가니
귀뚜라미 질세라 가을을 노래한다

지나온 잿빛 세월
길목 한쪽에 숨겨져 있는
아련한 향수에 추억이 불거져도
아, 가을이 좋다.

어머니의 연주 / 이정원

삶의 애환이 담긴
손풍금 주름진 바람통에서
감미로운 멜로디가 흐른다

지난 세월이 스치듯
잿빛 시간은 사그라졌으나
어머니 열정이 탱고 리듬에
용광로처럼 타오른다

때로는
소녀 같은 야리야리한 감성으로
음악을 사랑한 어머니

아름다운 추억이 깃든
어머니의 아코디언 소리는
삶의 여정 가운데
심금을 애달프게 울린다.

마라톤 인생 / 이정원

42.195㎞ 마라톤 인생
수만 길을 걷고 달려온
아버지의 기나긴 여정 인생

조용히 눈을 감고
아버지의 삶을 회상합니다

아버지는 진실한 땀방울을
얼굴에 흠씬 젖은 채
육상 선수와 지도자 감독으로
열정을 쏟으셨습니다

회한이 서린 나날들
용광로처럼 불태웠던 젊음은
세월의 뒤안길에서 머뭇거리지만

긴 세월 모진 비바람 속
한 자리를 굳건히 지키는 고목처럼
내 곁에서 위로를 건네시는 아버지

흰 눈 쌓인 동백꽃의 진한 꽃내음
삶 속에 온전히 고이 간직한 채
인생의 반환점을 통과한 아버지 여정
사랑하는 아버지를 응원합니다.

시인 전선희

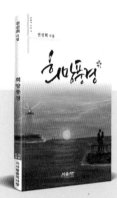

시집 "희망풍경"

프로필

대한문학세계 시 부문 등단
(사)창작문학예술인협의회 회원
대한문인협회 홍보국장
대한문인협회 경기지회 사무국장
대한시낭송가협회 정회원

<수상>
대한창작문예대학 졸업경연대회 은상
2017년 올해의 작가 우수상
2018년 한국문학 올해의 시인상
2019년 한국문학 예술인 금상

<저서>
시집 "희망풍경"

<공저>
명인명시 특선시인선 (2019년,2020년)
대한문인협회 경기지회 동인시집 "햇살 드는 창" 창간호
대한문인협회 경기지회 동인문집 제2집 "달빛 드는 창"
대한창작문예대학 7기졸업작품집 "비포장도로"
문학어울림 첫호, 텃밭문학회 9호집, 2020 유화로 보는 명인명시선
시 소리로 듣다 낭송 모음 7집, 시 마음으로 읽다 낭송 모음 8집
2021. 7월 <낭송하는 시인들> 낭송 모음 시집

어머니의 길 / 전선희

아침햇살보다 석양을 더 오래 바라보는 당신은
긴 세월을 주어진 운명이라 여기며
역경과 고난을 인내하면서 빛나는 삶을 살아오셨습니다

당신께서 걸어온 어머니의 길을 저도 걸어가며
당신의 삶은 숭고한 사랑이었다는 것을
부모가 된 지금에야 알았습니다

푸르름으로 피어나는 산야를 보며
깊은 생각에 잠기는 당신의 애잔한 모습에
어머니 당신을 향한 간절한 나의 사랑을 보냅니다

시간이 흐르고 세월이 변해도
그 어느 누구보다 소중함으로 가득한 사람
언제나 당신의 얼굴에 웃음이 넘치는 행복한 그림을 그려봅니다

당신과 함께 살아가는 지금 이 순간
노을빛으로 아름답게 물들어갈 당신의 남은 날들은
기쁨의 향기로 가득했으면 좋겠습니다

스마트폰으로 QR코드를
스캔하면 시낭송을 감상
할 수 있습니다.

바람 같은 인생 / 전선희

별이 빛나는 하늘
창가를 물들이는 햇살
돌고 도는 일상에
바람 같은 존재 구름 같은 인생
삶의 흔적을 남깁니다

억겁의 세월을 견뎌내며
수없이 많은 사람들 중
천년의 인연이 되어
사랑했던 기억 하나로
삶의 그리움을 연주합니다

화려했던 젊음도
흘러간 세월 속에 묻혀가고
쓸쓸히 걷는 인생길
서산마루에 노을 지면
찬란한 눈물 한 방울 흘러내립니다

나 어디로 가나
먼 길 돌아 한 생애
미치도록 사랑하다 하늘로 돌아갈 때
맑은 영혼의 바람이 되어
숙명처럼 그리다 만 삶을 노래하리

가끔은 / 전선희

햇살 가득한 아름다운 봄날
가지마다 흐드러진 꽃잎은
다정한 손짓으로 내 마음을 흔들어놓는다

산뜻한 바람 따라 그대 가슴에 내가 머물고
내 가슴에 그대가 스며드는 그리움 하나
지금도 찬란히 흐른다

꿈결 같았던 모든 순간
나를 닮은듯한 그대에게
못다 한 사랑을 아름드리 전하고 싶다

숱한 세월 내 가슴속 아름다운 기억
아련한 추억이 허공에 맴돌 때.
문득 그 사람의 하루가 궁금해진다

이 아름다운 봄날에
가끔은 아주 가끔은
그리운 사랑 하나 꺼내어 향기롭게 추억한다

너를 위하여 / 전선희

설렘으로 다가온 오롯한 생명의 소리
희망찬 메아리 온 누리 솟아올라 활기차게 퍼지고
영롱한 별이 되어 내 가슴에 반짝이네

힘차게 들려오는 숨결 소리에
가슴이 벅차올라 무한한 행복의 나래를 펼치고
아름다운 사랑꽃 되어 알알이 피어나네

소중했던 그 날 나의 가슴에 깊이 새겨진 이름
눈 부신 태양도 하늘 안고 웃고
감사로 흐르는 눈물 되어 샛별같이 빛나네

사랑으로 가득 찬 날 행복의 노래는
어디에 있든 무엇을 하든 너를 위하여 기도하는 시간
값진 기쁨이 되어 초롱초롱 빛나네

금잔화 여인 / 전선희

햇살을 닮은 금잔화가
이른 아침 개화를 할 때면
아픈 다리를 달래 가며
먼 길을 나서는 여인이 있다

나무가 새들의 노랫소리를 들으며
마음의 위안을 느끼듯이
여인은 부처님 전에 마주하고서야
비통한 마음을 위로받는다

영원히 만날 수 없는 이별을 하고
가슴속 모든 외로움과 슬픔에 젖은 영혼들을
오롯이 혼자 감당해야 하기에
바위처럼 법당에 앉아 숨을 고른다

태양과 함께 피고 지는 꽃
그대 닮은 노랑 꽃망울처럼
애달픈 촛농의 눈물을 흘리는 촛불 앞에
실낱같은 생명의 기운을 느끼며 힘을 내본다

제5시집 "곱게 물들었으면"

프로필

울산 울주 배내골 출생
시인, 수필가
전) 부산 한샘학원 강사 (국어)
대한문학세계 시 부문 등단
대한문인협회 울산지회장
(사)창작문학예술인협의회 회원

\<수상>
2016년 한국문학 베스트셀러 작가상
2017, 2018, 2019, 2020, 2021 명인명시 특선시인선 선정
2017 한국문학 우수 작품상
2018 한국문학 올해의 최우수 작품상
2019 한국문학 예술인 금상
이달의 시인, 금주의 시, 좋은 시, 낭송시 선정

\<저서>
제1시집 『스스로 피어짐이 아름다운 것을』
제2시집 『산다는 것은 한 편의 詩』
제3시집 『그러하더라도 사랑해야지』
제4시집 『아름다운 인연을 만나는 것은』
제5시집 『곱게 물들었으면』

강아지풀 / 정상화

길섶 어디에나 지천으로 자라
눈길 받지 못한 평범한 초록 꽃
땅에 닿을 듯한 허리 굽힘
부는 대로 순응하며 꺾이지 않는 속내

가슴에 담은 소중한 사랑으로
흔들림으로 위장한 눈물겨운 춤사위
속으로 푸른 독기 머금고
겉으로 하얀 미소 짓는 강아지풀

살랑 바람 밀려온 순간
말라버린 하얀 꽃대공
수백 마리 강아지 떼 되어
콩콩 짖어 꼬리 흔들며
깨알 같은 까만 진실 토하고 있다

덫 / 정상화

어둠이 내릴 무렵
왕거미 큰 나뭇가지에서
바람 타고 맞은편 가지에 오가며
꽁지에 투명한 끈끈이 사출하며
덫을 놓고 있다

바람을 이용한 번지 점프
빙빙 돌며 밖에서 안으로
한 코 한 코 투명한 그물을 엮어 가더니
중앙에 죽은 듯 먹이를 기다린다

잠자리 멋 내며 날다
보이지 않는 거미줄에 걸려들어
파닥일수록 옥죄어지고
주검 되어 체액을 빨리고 있다

죽음의 그림자 모르고 조심성 없어
거미 밥 자초한 네 모습
방관한 공모자의 가슴도 저민다

먹고 먹히는 인간사
생존을 위함이야 그렇다 치고
부른 배 더 누리기 위한 탐욕의 덫은
어찌할꼬
갈 땐 손 펴고 가는데

154

가지치기 / 정상화

감나무 가지 잡고
갈등에 빠져 허우적거리다
튼실한 꽃눈 남기고 잘라버린다

좀 전까지 한 몸이
선택되지 못한 체 짤려진 아픔 되어
툭 떨어진다
품었던 꿈과 함께

피어서 추한 꽃의 설움보다
피지 않음이 다행이고
억지로 피어지는 고통보다
스스로 피어짐이 아름다운 것을

죽을 때까지 끊을 수 없는
연의 끈 자른 농심의 가슴엔
동행할 수 없는 이별의
눈물 흐른다

떨어져 썩은 네 육신 부활할 때쯤
탐스런 감 탱글거리겠지
어차피 세상은
적자생존인 것을

가을비 / 정상화

혼몽한 가슴이
가을비 탓에 까맣게 탄다

고개 숙인 벼들은 햇살 그리움에
낱알 끝으로 눈물을 찔끔 거리며
심장을 꺼내고
못다 벤 논두렁 풀을 타고 새앙쥐
눈까리 때록이며 벼알을 까니
농부는 잰걸음으로 낫을 휘두른다

소나기는 가을을 위하여 쏟아지지만
철없는 가을비는 촌부의 마음을 아는지 모르는지
여물어 가는 알곡의 뒤 통에 빗금만 칠 뿐

살다 보면 의지와 관계없이 비를 맞고
속살의 부끄럼을 적시는 순간도 있나 보다
자궁 위로 초음파 미끄러질 때
막 눈을 뜨는 생명이 섬찟 놀라듯

아름다운 삶의 방식 / 정상화

작답 밭 비닐을 정리하다
온몸 고슴도치가 되었네

건드려 주기를 바란 기다림의 시간
저린 발 털며 버틴 속내
생존을 위한 몸부림을
인정하지 아니하고 욕을 퍼부었으니
삶의 방식이 다를 뿐
모두가 다른 삶의 기준이니
모두가 아름다운 것을

도깨비바늘아 미안해
어떤 이유로도 존중되어야 할
삶의 방식을 두고 욕했으니
어쩜 좋으니!

시인 주야옥

2021 명인명시 특선시인선

프로필

대한문학세계 시, 동화 부문 등단
국문학과 학사
참 소중한 당신 명예 기자 역임
(사)창작문학예술인협의회 회원
대한문인협회 인천지회 기획차장

<수상>
2020 짧은 시 짓기 대상
「대한문학세계」 동화 부문 신인문학상
대한민국 독도 문예대전 시부분 특선
대한문학세계 시 부문 신인문학상, 소년문학 동시 신인문학상
2018년 향토문학상 은상, 2018년 한국문학 향토문학상
2019년 향토문학상 금상
순우리말 글짓기 전국 공모전 장려상, 독후감 대회 우수상
소년문학 특선 시 선정(동시)

<공저>
글 꽃 바람, 2020 유화로 보는 명인명시선, 명인명시 특선시인선

너였으면 / 주야옥

새하얀 벚꽃잎이
눈발 인양 흩날리는 사월
포근한 햇살 닿은 곳마다
어제와는 대조적인 채도로 물들어 간다

오선 위에 봄을 그리듯
제비꽃, 개나리, 진달래
차례대로 피어나는 꽃들의 화음
사월의 흥과 향에 취해
오랜만에 껴안아 보는 행복이다

시린 아픔을 견디고
뜨거운 새 생명을 잉태하는
서럽도록 아름다운 계절이 가져다준
사색의 문을 조심스레 두드려본다

살며시 열린 문틈 사이로
환하게 웃어주는 이가 너였으면
바로 너였으면.

바람이 분다 / 주야옥

바람이 분다
알 수 없는 바람이
아린 가슴을 차압당한 파수꾼이 되어
바람이 부는 대로 감상의 나락으로 떨어진다

내 일상의 조바심을 이제 내려놓는다
바삭바삭 타오르는 아픔도 밀어내어본다
가끔 찾아오는 그리움조차
사치라는 것을 알기에

내 안에 돋아난 곪아 터질 상처를
터트려본다
툭 툭 툭
내 고집도 편견도 쓸어내어 본다

이제는 수식어가 붙지 않는 나로 살고 싶다
단 하루를 살더라도
아름답고 꽉 차게
누구의 말에도 아파하지 말며
상처받지 않으며
흔들림 없이
그냥 흐르는 대로 살고 싶다

이제 난 안다
내가 그토록 아팠던 이유를
주책없이 목적이 아리다.

그리움 / 주야옥

마음속 깊은 우물 하나
살며시 들여다보면
그 속에 말없이 서 있는 그림자

몽클몽클 가슴에 베이는
그리움이
네모난 창가에 걸린다

베텔게우스
라겔 별들의 여행
세월의 모래톱에 쌓여
무거운 무게를 저울질한다

하나
둘
별들이 취기처럼 빛을 발하면

난
그리움을 마신다.

세월의 감나무 / 주야옥

손에 묻은 그리움 훌훌 털어내며
기억 저편 추억을
장대질한다

비우고 또 비우고
안으로, 안으로 파고드는 주홍빛 아픔
햇살이 비운 자리마다
바람의 담금질 수십 번

천둥, 벼락, 태풍의 모진 설움
가슴으로, 가슴으로 끌어안으며
견뎌온 시간

한입
한입 물면
잠든 영혼이 감각 틈새 사이로
생의 깊이가
스타카토로 울린다.

빈 잔 / 주야옥

인적 뜸한 골목 어귀에
다소곳이 앉은 허름한 찻집
얼룩진 유리창에 가을이 걸린다

출렁이는 가슴에 고인 눈물처럼
아리고 시리지만 뱉을 수 없는 아픔
따뜻한 차 한잔에 담긴 그리움을 마시며
내 안의 창이 조용히 닫힌다.

어차피 견디어야 한다면
맑고 당차게 살고 싶은 마음
몇 살까지 살고 싶냐면
뻔히 쳐다보는 친구의 진지한 표정
육십이라는 말에 어이없이 실소가 터지지만
오늘이 마지막이라도 후회는 없다

조금씩 내려놓은 법을 알아가기에
무엇을 더 가지려 애쓰지 않으며
향기 가득한 찻잔을 당겨
잡히지 않는 그리움을 휘휘 저어본다

어둠이 내려앉은 골목길
창문에 비친 자신의 그림자를 응시하며
아주 오랫동안 아무런 말이 없었다.

시인 한명화

2021 명인명시 특선시인선

프로필

대한문학세계 시 부문 등단
(사)창작문학예술인협의회 회원
대한문인협회 정회원
한국문인협회 정회원
대한창작문예대학 졸업
문예창작지도자 자격증 취득
무용가, 시인, 시낭송가
설봉전국시낭송대회 심사위원
<단체운영>
국제설봉예술협회장
유경캠핑하우스 대표이사
국제설봉예술원장
설봉예술단장
공연 기획, 연출 총감독
설봉촌 종합레저타운 대표

<수상>
2013 스포츠서울 혁신한국인 파워코리아 대상 /레저문화 부문
2014 대한민국을 이끄는 혁신리더 대상/ 캠핑카 부문
대한문학세계 신인문학상 / 시 부문
2020 대한창작문예대학 졸업작품공모전 은상
2021 신춘문학상 동상

해장국 / 한명화

다슬기 다글다글
금천 강가 구르던 이야기들을
팔팔 끓는 물에 한 움큼 우려내고
녹색빛 국물에
부추 숭숭
뚝배기 한 사발

간밤의 대작(對酌)으로 세상 멸균하며
세상살이 고달픔을
목청 높여 의기투합한
그 기억들을 풀어낸다

오래전 어느 날을 쏙 빼다 박은 듯한
오늘의 아침은
아직도 비워내지 못한
미련의 속 쓰림일까
왠지 어머니가 챙겨주시던
조촐한 밥상과 거친 손마디가
오늘따라
그리운 날이다

모락모락 피어나는 하얀 김 사이로
밤새 눌어붙은 딱지들이
뜨끈한 국물의 간을 맞춘다

나는 야누스 꿈으로 가는 길에 / 한명화

작은 나무는
더욱 큰 그늘을 만들어낼 수 없음을 탄식하고
더 큰 나무가 되겠다고 아우성이다

짙게 다가오는 어둠을
다 삼켜내고 차지한 이 자리
대나무처럼 속을 비워내며
또 한 뼘을 하늘을 향해
오를 수 있을까

낮에는 전투사로
강렬한 한쪽의 얼굴이
또 저녁으로 얼굴을 돌리면
아주 낯선 얼굴이 있다

치자나무 잎 냄새가
짙은 순한 얼굴이다

높이 나는 새는
더욱 센 바람의 시련을
이겨내야 한다.

산책 / 한명화

네가 보고픈 날
바람의 손을 잡고 나섭니다
그리움이 바람 따라 흔들립니다
문득 가던 길 멈추고
햇볕이 잘 드는 숲
가장자리 돌 많은 비탈
덩굴 우거진 나무 앞에 멈춰 섭니다

수줍은 듯 겸손하게
아래로 핀 꽃에서 맑고 싱그러운
그대의 향기가 느껴집니다
되고 싶은 꽃을 고를 수 있다면
오미자꽃이 되었으면 합니다

하늘을 보지 않고 그대처럼 숙이며
아래로 보며 피는 꽃
모든 것들은 한번 가면
다시 돌아오지 않는데
하얗게 소복이 핀 꽃 속에서
기억 저편의 길이 되돌아옵니다

나를 찾아서 / 한명화

내 안에는 또 다른 내가 있다
파리한 꽃잎처럼 여리기도 하고
이집트 신화 속 불사조처럼 강하다

온갖 생각이 머릿속에 떠돌아
마음을 흔들어 대는 바람에
'나'는 진정 누구냐고 묻는다

허공에 온갖 생각을 풀어
요요처럼 던져 풀기도 감기도 하며
'나'의 어떤 모습이 진짜냐고 묻는다

'나'를 찾아 생각의 술 한잔 기울이며
분홍빛 술이 주는 또 다른 '나'를 찾아
현상적 자아가 본질적 자아를 찾는다

붉은 연꽃 / 한명화

이토록 붉게
세상을 데워주지 않았더라면
시퍼런 입술로 침묵으로 바들거렸으리라

진흙밭 어두움을 밝히는 심장과
십이 중생 지고 온 인내로 쓰다듬으며
붉은 봉우리가 솟아오른다

낮은 곳에서 올라와
불 밝히는 네 덕분에
꺼져가는 희망의 신호등을 켜주고
겸손으로 우아한 고백을 한다

시인 한천희

2021 명인명시 특선시인선

프로필

경기 화성 거주
대한문학세계 시 부문 등단
(사)창작문학예술인협의회 회원
대한문인협회 경기지회 정회원
대한창작문예대학 졸업
문예창작지도자 자격 취득

<공저>
대한문인협회 경기지회 동인문집 제2집 "달빛 드는 창"
2021 명인명시 특선시인선
대한창작문예대학 졸업 작품집 "가자 詩 가꾸러"
시를 꿈꾸다 동인 시집 "시를 꿈꾸다 2"

어머님의 봄 / 한천희

사월이 아프게 피어 나는 봄날
아지랑이 아롱거리듯 그리운 얼굴
장독대 돌담을 서성이던 기다림은
하얀 목련꽃으로 피어났습니다

시집살이 남모르게 흘리던 눈물을
서리서리 뿌려놓은 뒤란 돌 틈에서
서러움을 안아주던 하얀 그리움이
수선화꽃에 숨어 있음을 보았습니다

애들아 아프지는 않니 춥지는 않니
근심 걱정으로 지새운 나날들이
하루하루 모여 꽃송이가 되고
한해 한해 모여 꽃길이 되었습니다

자식들 걱정할까 참아온 세월에
병들고 아파 거동조차 힘들어도
괜찮다 늙으면 이런 것이란 말에
열매를 지키려 시들어가는 꽃잎이
왜 가벼워지는지를 알았습니다

어머님 함박웃음 미소를
눈물처럼 그려 놓은 하얀 구름이
사월의 꽃으로 피어나
사월의 꽃잎으로 떨어지신
엄니를 싣고 낮달을 지나 별이 되어
내 가슴에 잠들었습니다

171

파도 소리에 부서진 추억 / 한천희

밀려오는 그리움이
조개의 기억을 깨우고
하얀 눈물로 흩어진다

떠나가는 뱃고동 소리에도
갈매기는 잠시 허공을 맴돌 뿐
슬피 우는 것을 잊었다

수없이 써놓은 사랑의 역사는
왔다가 사라지는 세월처럼
백사장 모래 틈에 숨어든다

여명에 수평선의 시작이 보이고
황혼에 지평선의 마지막을 보듯
왔다가 가는 것이 사랑뿐이더냐

그리움이 흩어져 거품으로 부서지고
사랑이 스며들어 모래 틈에 숨 쉬어도
밀물과 썰물 사이에 아파하는 파도는
철썩철썩 망각수를 흔들어 대며
세월을 몰고 간다

벚꽃이 피는 거리 / 한천희

사랑이 떠나간 그 거리에는
달님도 밤 그림자를 지워버렸고
파죽지세로 스쳐 간 향기는
연인들의 발길도 흔적을 지웠다
겨울에 온 철새도
죽음으로 비운 나뭇가지에
둥지를 틀지 못하고
이 거리를 떠나며 잊었던 너의
기억을 흔들어 깨운다

세월의 설렘은 동풍을 타고
겨울 철새의 꼬리를 따라 올랐고
거리마다 줄을 잇는 하얀 사연이
유혹의 향기로 거리에 가득 차면

그 거리에 달님이 다시 너를 비추고
떠나던 그림자가 돌아와 춤추며
인생도 사랑도 돌고 도는 거라고
꽃비도 훨훨 날면 축제를 연다

173

꽃으로 피어나는 봄 / 한천희

아무런 흔적도 만들지 못하고
북풍에 잠든 계절을 깨우려
동토의 차가운 가슴에서 솟아난
뜨거운 눈물이 살을 찢어 새 생명의
뿌리를 심는다

긴 세월에도 지우지 못한 흔적이
파도처럼 머릿속을 헤집어도
상처 난 자리를 새 살로 감추려
바람이 가슴을 치며 울 때도
지난날 옛사랑을 잊지 못한다

기다림보다 깊은 그리움은
보고픔을 참아내지 못하고
동지섣달 긴긴밤을 울어대며
어두운 세월을 걷어내더니
잎도 나기 전 꽃을 먼저 피운다

친구여 늙어가는 세월이 있네 / 한천희

친구여 세월은 빠르게 흐르고 있지
이제들 나이가 들어감을 느끼는가
세월은 인생을 그냥 놓아두지 않는다네
후회도 하며 살아왔을지 모르나 그마저도 사랑하세나
그래야 슬퍼지지는 않겠지
혹여 흘렸던 눈물 자국이 남아 있거들랑
그것마저도 사랑하세
그리고 말이지 하나하나 살아가며
그 자국 지워 가다 보면 인생이 세월을 타고 가겠지

사랑과 증오 사이 행복도
행복과 불행 사이 평온도
평화와 전쟁 사이 긴장도
만남과 이별 사이 설렘도
흐르는 세월 속 잠시 잠시 머물러있지 않았던가

훨훨 날지 못해서 가지 못한 세상이 있다면
그냥 남겨 두시게

채우지 못한 욕심으로 곡간이 비어 있다면
그 또한 비워 두시게

잊지 못해서 가슴에 숨겨놓은 사랑일랑
꺼내서 눈물에 적시게나

그렇게 그렇게 살아가다
취하는 술이라도 보이면
친구여 한잔하며 가자꾸나

명시
언어로 남다

- 시 소리로 삶을 치유하다 -

박영애 시낭송 모음 9집

2021년 8월 13일 초판 1쇄
2021년 8월 18일 발행
지 은 이 : 기영석 김강좌 김기월 김락호 김영주 김정윤
　　　　　김희경 김희영 남원자 민만규 박상현 박영애
　　　　　박희홍 백승운 성경자 염경희 유영서 윤인성
　　　　　이도연 이만우 이상노 이정원 전선희 정상화
　　　　　주야옥 한명화 한천희
엮 은 이 : 박영애
디자인 편집 : 이은희
기 획 : 시사랑음악사랑
연 락 처 : 1899-1341
홈페이지 주소 : www.poemmusic.net
E-Mail : poemarts@hanmail.net

정가 : 15,000원
ISBN : 979-11-6284-303-1